마른하늘에 우주선

dot.7   이현섭

마른하늘에 우주선   아작

toc.

1

2분 24초.

지구가 외계문명에 패하기까지 걸린 시간이다.

백악관과 크렘린궁은 물론 중남해의 건물들은 썩은 낙엽처럼 바스러졌고, 미확인 비행물체에 접근하려던 최신형 전투기와 막강한 전투함들은 뙤약볕의 얼음처럼 녹아내렸다. 끔찍한 재난 상황을 맞이하자 서둘러 특보를 전하려던 기자들은 비행물체만을 촬영하고 발걸음을 돌려야 했다. 현재 상황에 대해 설명해줄 정부 관계자는 고사하고, 목격담을 들려줄 시민조차 섭외하기 힘들었다. 지금 이 땅엔 SF

소설이나 영화 속에 나오던 명석한 과학자도, 외계인과 맞서 싸우는 영웅도, 압도적인 힘의 격차를 목도하자 아무도 모습을 드러내지 않았다.

한국의 허름한 호프집에선 TV를 보던 취객들이 비명을 질러댔다. 서빙을 하던 점원은 치킨을 떨구고 휴대폰을 꺼내 가족에게 안부를 묻기 시작했다. 미지의 영역에서 나타난 포식자들을 봤으니 당연한 반응들이었지만, 이상하게도 한 남자만은 화가 난 듯 얼굴을 잔뜩 붉히고 있었다. 면접이라도 봤는지 단정한 정장에 포마드 헤어로 한껏 꾸민 남자는 자리에서 벌떡 일어섰고 곧 인내심을 잃었는지 밖으로 달려 나가 공중에 떠 있는 비행물체를 향해 힘껏 소리쳤다.

"이 씨발 새끼들아!"

이름 홍민혁. 나이 32세. 중소기업 입사 만 1일 차의 신입사원. 모두를 공포에 떨게 만든 비행물체 앞에서 눈을 부라린 남자의 프로필이었다. 지방의 4년제 대학을 졸업 후 행정고시를 준비했지만 탈락. 합격자 플래카드에 걸려 있던 고시학원 동기들의 이름을 보며 5년을 더 노력했지만 그것도 실패. 뒤늦게 대기업에 들어가려 했지만 신입으로 받기엔 부담스러운 나이로 서류부터 탈락. 결국 늙은 어머니의 설득으로 중소기업에 입사했다. 경쟁심이 강했던 민혁에겐 원치 않던 결과였지만 고깃집 홀 서빙을 하며 자신을 키워낸 어머니에게 더 이상 걱정을 끼치고 싶지 않았다. 민혁이 호프집에 있던 이유도 입사환영 회식 후 술에 잔뜩 취해 어머니가 좋아하는 프라이드치킨을 포장하기 위해서였다. 마음에 드는 회사는 아니었지만 그저 어머니한테 아들이 사람 노릇 하기 시작했다며 노닥거릴 수 있으니 적지 않은 위로였다. 하지만 지금 그게 다 무슨 소용인지 모르겠다. 절벽에서 수십 번의 위기를 견디며 겨우 작은 봉우리에 섰는데 갑자기 이상한 물체가 나타나 모든 걸 파괴하고 있었다.

'그냥 놀걸.'

우주선을 향해 시원하게 고함을 지른 후, 결국 해탈해버린 민혁의 감상이었다. PC방이나 당구장, 클럽에 가자던 친구들은 고사하고 유일한 가족인 어머니와의 시간도 제대로 보내지 못했다. 연애도 마찬가지였다. 독보적이진 않아도 나름 준수한 외모였는지 번번히 이성에게 고백을 받곤 했다. 하지만 낮엔 학업에 집중하고 학자금 대출을 갚기 위해 나머지 시간은 아르바이트 스케줄로 가득 차 있어 부담이 갔다. 한번은 용기를 내어 연애 시도를 한 적이 있었는데 가성비 연애를 하냐며 바로 차였다.

온갖 아쉬움이 스치고 있을 때, 비행물체의 조명 하나가 민혁을 비추었다. 미세하게 전달되는 빛의 온도를 느껴서였을까, 아니면 과음을 한 탓이었을까, 민혁은 갑작스레 땅으로 고꾸라지며 잠이 들었다.

★

"아들, 일어났어?"

이부자리에서 얼굴을 부비며 일어난 민혁에게 치킨을 손에 든 중년의 여자, 박정은이 물었다. 분리수거장에서 가져온 듯한 장롱과 좁디좁은 단칸방, 익숙한 곰팡이 냄새. 민혁의 집이었다. 평온하게 프라이드치킨을 먹고 있는 어머니를 보고서야 모든 게 꿈이었구나, 안도의 한숨을 내쉬었다. 흐릿한 꿈이었지만 호프집에서 잠든 후 어떤 괴인들에게 끌려가는 이상한 내용도 있었다. 아마 회식 자리에서 윤 과장이 말아준 소맥이 예상보다 치명적이었던 것 같았다. 얼이 나간 듯, 잠시 눈을 깜빡이던 민혁은 평소답지 않게 자리에서 벌떡 일어나 어머니를 끌어 안았다.

"얘가 징그럽게 왜 그래."

"엄마, 나 진짜 무서운 꿈꿨어."

"무슨 꿈이었는데 그래?"

"아니 막 외계인 같은 애들이, 아니지, 우주선이 나타나서 건물들 부수고 난리도 아니었다니까?"

"아들."

"응?"

"그거 꿈 아니야."

민혁은 잠시 흠칫했지만 어머니의 얼굴에 묻은 튀김가루를 보곤 다시 웃어넘겼다.

"장난치지 마, 닭다리 뜯으면서 그런 말 하면 누가 믿어."

정은은 상황을 부정하는 아들이 안쓰러운 듯 손가락으로 입에 묻은 튀김옷을 닦아내고 TV 전원을 켰다. 화면 속에선 지금까지 벌어진 일을 정리하는 시사 토크 쇼가 진행 중이었다. 세계 지도에서 주요 국가들의 위치에 백기가 그려져 있었고, 무너진 정부 청사들이 보였다. 이미지 자료가 사라지더니 얼굴에 그늘이 진 진행자가 나타나 조심스레 대화 주제를 꺼냈다.

"현재 우주에서 온 외계생명… 그냥 손님이라 하겠습니다."

"잠깐! 손님? 당신 뭐야! 녀석들한테 협박이라도 당하고 있어?"

"우선 진정하시고…."

패널 중 유독 머리가 벗어진 남자가 인상을 쓰고 진행자를 향해 윽박질렀다. 손수건으로 이마에 흐르는 땀을 닦으며 울상이 된 진행자에게 다른 남자 패널이 말을 걸었다.

"사회자님, 마저 진행하시죠. 이런 융통성 없는 사람은 무시하고요."

"이게 뚫린 입이라고, 사람들이 죽었어. 살인자들한테 '손님'이라니 말이 돼? 융통성 따질 때냐고!"

"정 그러시면 지금 당장 밖으로 나가서 외계 우주선이랑 직접 싸우시죠."

"아니 그런 억지가 어딨어!"

"왜요, 나가서 군인들이 버린 탱크라도 타고 싸우시면 되잖아요."

두 사람의 대화가 마무리되지 않자 진행자는 이제야 여유가 생겼는지 카메라를 보며 입을 열었다.

"다시 말씀드리도록 하죠. 현재 손님들께선 지구인들에게 본인들이 침략자가 아님을 밝히고 있습니다. 주요 선진국들의 행정 시스템이 마비된 상황이라 직접적인 소통을 위해 확성기를 활용한 것으로 추정되고요. 먼저 관련 영상을 보시죠."

패널들의 자리가 어두워지고 곧이어 영상 하나가 재생됐다. 뉴욕 타임스퀘어, 파리 에펠탑, 시드니의 오페라하우스 등에서 푸른 빛을 띠는 반구 형태의 기계가 떠다니며 각국의 언어로 말을 하고 있었다. 영상을 보던 민혁은 외계인이 어떻게 지구의 언어를 알고 있는지 의문이었지만 우선 내용에 집중하려 노력했다.

"우리는 침략자가 아닙니다. 우리는 행성 '아조아'에서 왔습니다. 우리가 살던 행성의 방위를 목적으로 일시적인 무력을 행사했을 뿐입니다. 지구 주민들께서는 걱정하지 마시고 일상으로 돌아가주시길 바랍니다."

기계가 낸 음성을 들은 민혁이 미간을 좁혔다. 아조아는 어디에 있는 별이고 방위를 목적으로 공격했다는 근거가 뭔지, 의문은 커져만 가는데 속 시원히 알려주지 않는 방송국이 답답했다. 음성에 담긴 내용은 굉장히 혼란스러웠지만 최소한 지구인들이 아조아인지 아시러인지 타 행성을 먼저 위협했다는 생각이 들진 않았다. 아무리 문과 출신인 민혁이라도 지구의 기술력이 태양계 너머로 위해를 가할 정도가 아니라는 걸 알았다. 그럼에도 확성기의 내용을 전부 무시할 순 없었다. 단순히 헛소리를 하는 것이라기엔 지금 진행자가 첨언하고 있는 것처럼 각국의 주요 행정시설과 군사시설만을 파괴하고 공격을 멈췄기 때문이었다. 단숨에 지구를 멸망시킬 힘을 가지고 있으면서도 굳이 침략을 멈춘 이유가 좀처럼 떠오르지 않았다. 민혁이 머리를 감싸고 있던 그때 정은이 속없이 탄산음료를 마시고 트림을 날렸다.

"엄만 안 무서워?"

"무섭지. 그래도 어쩌겠어. 사장이 내일도 출근 하란다는데. 이게 말이 되니? 치킨이라도 먹고 힘내야지.

우리 아들내미가 취직해서 처음 사준 선물인데."

민혁은 표정 하나 바뀌지 않는 어머니를 보며 역시 엄마는 엄마라고 생각했다. 아버지가 빚더미에 앉아 극단적인 선택을 했을 때도 어머니는 아버지 영정 사진을 보며 잠시 눈물을 훔치다 욕을 내뱉은 뒤 평정심을 되찾았다. 어머니의 정신력은 강인했고 일상 속의 생활력은 말이 나오지 않는 수준이었다. 예순을 훌쩍 넘긴 나이임에도 고깃집 직원 중 에이스로 불린 이유일 것이다. 행정고시를 준비하며 극심한 스트레스를 받던 민혁은 미안한 마음에 오히려 성을 낸 적도 있었다. 왜 그렇게 열심히 사느냐고, 무슨 의미가 있느냐고 언성을 높였지만 어머니는 민혁을 가볍게 안으며 꿀밤을 날렸다. 당시 정은은 아무 말도 하지 않았지만, 익숙한 포옹과 따스한 체온이 모든 것을 말해주고 있었고 이런 마음에 더 이상의 민폐를 끼치는 건 사양이었다. 무의미한 욕심을 내려놓고 조금이라도 빨리 보답하고 싶었으니. 길고 길었던 행정고시 도전을 포기하고 취업 시장의 문을 두드리게 된 순간이었다.

"나도 회사에서 연락 왔나 볼게."

"오냐."

자리에서 일어나 휴대폰을 확인하기 위해 짐을 뒤지던 민혁은 이상하다는 듯 고개를 기울이며 정은을 바라봤다.

'내가 포장된 치킨을 받았던가?'

그때였다. 쿵쿵쿵! 누군가 다급히 문을 두드렸다. 시계를 보니 새벽 2시, 야심한 시간에 달동네까지 찾아와서 문을 두드릴 사람은 많지 않았다.

"누구세요?"

"홍민혁 씨 댁 맞으시죠? 급한 용무가 있어서 왔습니다. 문 좀 열어주세요."

"네?"

"국정원입니다. 홍민혁 씨랑 대화를 나누고 싶은데요."

심장이 내려앉았다. '국정원이 나를 왜?', '취했을 때 실수라도 했나?', '피싱도 아니고 정말 국정원이 맞을까?' 온갖 잡생각이 빠르게 뇌 속을 돌아다닐 때 어머니가 나섰다.

"그런 애 없어요! 새벽에 이 아저씨들이 뭐 하는 거야?"

"CCTV로 위치까지 확인하고 왔습니다. 시간 끌지 마시고 열어주세요. 급합니다."

인상을 찌푸린 정은이 민혁의 팔을 뒤쪽으로 잡아끌었다. 창문으로 나가라는 뜻이었다. 반지하 구조였지만 철창이 없어 마음만 먹는다면 충분히 기어나갈 수 있었다. 민혁은 최대한 작은 소리로 말했다.

"엄마… 나 잘못한 거 없어."

"내가 그걸 모를까? 시퍼런 하늘에 우주선이 떠 있는 마당에 국정원이 우리 집에 찾아오는 건 놀랄 일도 아니야. 엄마가 해결할 테니까 빨리 가."

쾅쾅쾅쾅! 이번엔 더 격렬한 소리가 울려 퍼졌다. 열지 않으면 문이라도 부술 태세였다. 정은은 경찰을 부르겠다며 호통을 쳤고 민혁은 서둘러 창문을 열었다.

"열지 않으면 강제 집행하겠습니다."

그 말을 듣고 어머니를 두고 가는 게 맞는지, 같이 도망쳐야 하는 건 아닌지 고민하던 민혁이 뒤를 돌아보자 빠악, 어머니가 벽에 걸려 있던 효자손을 집어 던졌고, 머리에 큰 혹이 나고서야 집을 빠져나갔다. 얼마 가지 않아 현관문이 부서지며 국정원이

랍시고 온 수상한 인간들이 집을 뒤지는 소리가 들려왔다. 잠시 담벼락에 숨어 어머니에게 직접적인 위해를 가하지 않는 걸 확인한 민혁은 온 힘을 다해 앞을 내달리기 시작했다.

'어디로 가지?'

길을 잃은 느낌이었다. 하늘엔 우주선이 있고, 수상한 자들이 자신을 쫓고 있다. 유일한 안식처조차 사라졌으니 도무지 답이 나오지 않았다. 민혁은 휴대폰을 꺼내 모바일 뉴스 기사를 확인했다. 만약 그 사람들이 정말 국정원이라면 자신의 이름으로 공개 수배라도 해뒀을 것 같았지만, 다행히 별다른 기사는 찾지 못했다. 전원을 아끼기 위해 다시 휴대폰을 넣으려는데 주머니에서 무언가 만져졌다. 회사에 출입할 수 있는 사원증이었다. 재난 상황에서는 식량이 중요한 법. 회사 탕비실에 숨어 최대한 버틸 생각을 하며 CCTV가 없는 골목길을 이용해 새로운 은신처로 향했다.

★

"민혁 님?"

탕비실에 들어온 민혁의 등으로 식은땀이 흘러내렸다. 아무도 없을 거라 생각하며 탕비실의 불을 켰는데, 1인용 접이식 간이침대에서 동기 사원 김운채가 이불을 뒤집어쓰고 있었다. 천만다행이라 생각했다. 면접 때부터 첫 출근을 했을 때까지 이것저것 도움을 많이 받았다. 그만큼 친절하고 자상한 면이 있는 동기였다. 다른 사람이면 몰라도 그라면 작금의 상황에 의지가 될 것 같았다.

"운채 님, 여긴 어떻게 오셨죠?"

"야근했거든요! 업무 처리할 게 있어서."

"지금 이 시국에 업무요?"

"네. 지금 우주선 때문에 난리여서 급하게 지워야 되는 문서들이 있다고 연락이 왔어요."

민혁은 입을 꾹 다물고 휴대폰 화면을 바라봤다. 집에서 탈출하기 전 확인하려 했던 문자 메시지였다. '재난 상황이 수습될 때까지 전 사원 자택에서 대기.' 김운채의 뻔한 거짓말이 수상했지만 우선 넘기기로 하고, 정수기에서 물을 받아 마시려는데 간이침대 아래서 무언가 삐쭉 튀어나온 것이 눈에 띄었다. 긴 머리카락이었다.

"그냥 나오셔도 괜찮아요."

침대 아래서 급히 숨을 몰아쉬는 소리가 들렸다. 한참동안 호흡을 참은 듯 격한 숨소리를 내쉬며 간이침대서 나온 사람은 입사 회식 때 열심히 소맥을 말던 윤미애 과장이었다.

"민혁 님 부탁드릴게요! 이 일은….."

"비밀로 해드릴게요."

"정말요?"

"그럼요. 대신 부탁이 있어요. 집에 심각한 일이 생겨서 당분간 여기서 지내게 될 것 같거든요. 양해 부탁드려요."

"아… 물론이죠!"

민혁의 입장에선 도움의 손길이 절실했다. 민망하긴 하지만 두 사람이 큰 잘못을 저지른 것도 아니고 이 일을 계기로 자신을 도와줄 사람이 생긴다면 절대 기회를 놓쳐선 안 됐다. 숨을 돌리려고 자리에 앉으려는데 띵! 엘리베이터 문이 열리고 수많은 발소리가 들렸다. 점점 더 소리가 가까워지자 민혁은 다급하게 윤 과장이 있던 침대 밑으로 숨어들었다.

"운채 님, 사실 저… 괴한들에게 쫓기고 있어요."

"예? 무슨 일이에요 대체."

"나중에 설명해드릴 테니 부탁드려요!"

회의실 문들이 개폐되는 소리가 들리더니 이윽고 탕비실의 문가지 열렸다. 침대 밑에 숨어 있던 민혁은 작은 틈으로 검은 구두를 신은 무리가 보이자 깊게 숨을 참았다. 분명 집에 침입했던 자들이었다. 어떻게 여기까지 올 수 있었는지 떠올리니 문득 휴대폰이 생각났다. 바보처럼 너무나 쉽게 위치를 추적당했다.

"실례하겠습니다. 같은 직원분들이신 것 같은데 혹시 홍민혁 씨 못 보셨습니까?"

"못 봤는데요… 누구세요?"

"국정원입니다. 협조 부탁드리겠습니다."

"아… 아뇨, 못 봤어요."

역시 아까 대화를 나눈 것이 도움이 된듯싶었다. 혹시라도 두 사람과 마찰이 생겼다면 지금과는 다른 대화가 오갔을지 모른다. 검은 구두들이 사라지길 기대하던 찰나, 민혁의 눈이 질끈 감겼다. 어디 숨었는지 안다는 듯 검은 구두 하나가 간이침대로 다가온 것이다. 심장 소리라도 들릴까 걱정하던 민혁은

21

아무 일도 일어나지 않자 호기심에 눈을 떠버렸다.

"으아악!"

귀신처럼 사나운 눈 하나가 자신을 노려보고 있었다. 기겁하며 침대에서 빠져나온 민혁은 윤미애 과장처럼 숨을 빠르게 내쉬며 등을 벽에 기댔다.

"당신들 누구야!"

"홍민혁 씨. 도대체 왜 도망갑니까. 죄를 지은 것도 아니신데."

"그러니까 내 말이, 왜 잡으러 쫓아오냐고!"

"함께 가주셔야겠습니다. 시간이 없으니 가면서 설명해드리죠."

검은 정장을 입은 덩치 두 명이 민혁의 양팔을 잡고 끌어냈다.

"운채 님! 과장님! 저 어떻게 될지도 몰라요… 도와주세요!"

민혁은 절규하며 동료들에게 소리쳤다. 하지만 그 최후의 발악에도 두 사람은 민혁과 눈을 마주치려 하지 않았다.

'아아….'

상황을 파악한 민혁은 더 이상 아무 말도 하지

않았다. 민혁이 끌려 나가고, 사나운 얼굴의 남자는 조용히 두 사람을 향해 간단한 목례를 남겼다.

"협조 감사드립니다."

★

동태눈이 된 민혁은 검은 정장들의 손을 뿌리치고 홀로 걷기 시작했다. 더 이상 도망칠 여력도 없었다.

'대충 봉고차에 태워져 으슥한 곳으로 끌려가겠지.'

자신을 해치려는 거라면 이제 다 끝난 거고, 혹시 다른 이유가 있는 거라면 다행이었다. 그저 민혁은 어머니의 안위가 궁금할 따름이었다. 엘리베이터에 탑승한 민혁은 걱정스러운 표정으로 물었다.

"엄마는 괜찮나요?"

민혁의 낙심한 표정을 본 사나운 눈매의 남자가 피식 웃었다.

"저희가 나쁜 사람처럼 보입니까?"

"네. 충분히요."

"정식으로 인사드리죠."

엘리베이터 문이 열리며 옥상 풍경이 펼쳐졌다. 그리고 예상과는 다른 운송 수단이 민혁을 맞이했다.

검게 칠해진 수리온 헬기의 프로펠러가 강한 풍압을 일으키며 대기 중이었다.

"저는 국정원 소속 최단열입니다. 당신을 무사히 이송시키라는 명을 받았습니다."

"네에…!"

너무나 놀란 나머지 민혁은 말끝의 음정을 높이지도 못하고 소리를 뱉었다. 엉겁결에 예스맨이 된 민혁은 민망해서 고개를 숙였다.

"타시죠."

최단열은 헬기 내부로 들어가 바깥으로 손을 내밀었다. 찜찜한 마음이 들었지만 지금은 손을 잡을 수밖에 없겠지. 문이 닫히자 헬기는 수직으로 상승했고 곧장 남쪽으로 향했다. 처음 탑승한 헬기의 기동이 신기할 법도 했지만 민혁은 창밖 아래를 내려다보지 못했다. 얼핏 내려다봤을 때, 민혁의 예상과는 달리 지상에는 소수의 시민이 외계인에 반대하며 시위하는 모습을 볼 수 있었다. 민혁은 그 사람들을 응원했지만 그들과 같은 용기는 없었다. 만화 속 히어로 같은 능력도 없을뿐더러 지금 당장 자신이 어디로 가는지도 묻지 못하는 형편이라고 스스로를 변호

했다. 멍하니 바라본 유리 빌딩 표면으로 경찰에게 끌려가는 시위자들이 비쳐 보이는 것만 같았다.

★

태양이 떠오르는 지평선. 점점 멀어지는 서울 시가지를 보며 헤드셋을 낀 민혁이 무표정으로 물었다.

"어디로 가죠?"

"세종시 전의면으로 갑니다."

"전의면? 그런 곳이 있었나요."

"저도 업무 때문에 최근에 가보게 됐습니다."

"아무리 생각해봐도 이해가 안 되네요. 저 같은 사람이 왜 여기 있는지도 모르겠고요."

"도착하면 모두 설명하겠습니다."

더 이상 질문하지 말라는 듯 최단열이 대화를 끊어내자 절로 한숨이 나왔다. 지금 벌어지고 있는 상황을 생각하면 생각할수록 말이 되지 않았다. 국정원과 함께 이런 헬기를 타기엔 민혁은 너무 평범한 사람이었다. '고시 준비를 오래 해서?', '아니면 내가 취해서 높으신 분을 때렸나?' 여러 고민을 해봐도 영 시원찮았다. 서울과 멀어졌음에도 하늘 위에 선명히 보이는 거대한 우주선이 눈에 들어왔다. 다 부질없는지도 모르겠다. 애초에 납득되지 않는 상황이었으니까. 민혁의 마음을 알았는지 맞은편 의자에서 일출 빛을 맞던 최단열이 다시 입을 열었다.

"말씀드릴 수 있는 건, 그저 저희는 민혁 씨의 안전이 가장 중요하다는 겁니다."

"처음부터 솔직하게 말해줬으면 됐잖아요."

"죄송합니다. 민혁 님 외엔 절대 아무도 관련된 내용을 알아선 안 됩니다."

"그럼 엄마한테는 뭐라고 말했어요? 걱정하실 텐데."

"…어머님께만 상황을 조금 설명해드렸습니다. 저희를 반쯤 죽이려 하셔서."

정은의 성격을 아는 민혁이 단번에 이해한다는 표정을 내지었다. 어울리지 않게 식은땀까지 흘리는 최단열을 보며 어쩌면 허당끼 있는 사람일지도 모르겠다고 느끼던 때였다. 갑작스레 몸이 붕 뜨는 느낌이 들더니 헬기가 땅을 향해 하강을 시작했다.

'아직 세종은 아닌 것 같은데?'

"거의 다 온 모양이군요."

"여기서요? 고속도로만 보이잖아요."

"기름이 조금 모자라서요. 주유소 근처에서 급유 후 갈 예정입니다."

'헬기 급유를 고속도로 주유소에서 한다고?'

너무나 수상한 하강이었다. 완벽해도 모자랄 국정 원 요원들이 기름이 모자라서 이송 중에 멈춘다는 게 말이 되지 않았다. 민혁은 다시 한 번 우주선을 바라보았다. 그러고는 마음의 수양을 위해 불경을 외 우는 불자처럼 그냥 우주선을 보고 모든 걸 납득하 기로 했다.

"내리시죠."

"주유소에 가는 거 아니었나요?"

헬기에서 내린 최단열이 손을 뻗어 거대한 천막을 가리켰다. 예상한 주유소의 모습은 없었고 논밭과 함께 우두커니 서 있는 천막이 정말로 이질적이었다. 은으로 도색된 천막에 천천히 들어서자 민혁은 침을 꿀꺽 삼켰다. 외곽 쪽 테이블에선 단열과 같은 복장 을 한 남자들이 음성 송수신기를 두고 무언가에 열 중하고 있었고 중앙의 작은 테이블에선 어느새 최단 열이 앉아 민혁에게 손짓하고 있었다. 바쁜 요원들

사이로 비집고 들어가 겨우 의자에 앉으니 뭔가 자신도 그룹의 일원이 된 느낌이었다. 민혁의 눈이 여기저기 돌아가자 최단열이 종이로 된 두꺼운 서류를 대뜸 내밀었다.

"하나씩 넘기면서 읽어보시면 됩니다."

'생각보다 아날로그하네.'

국정원이 왜 PPT나 영상물도 아니고 종이를 사용하는지 의아했지만 첫 페이지를 넘긴 순간 더는 그런 생각을 할 수 없었다. 민혁이 들고 있는 종이의 정체는 우주선에 관한 보고서였다. 영어로 적힌 기밀 등급은 딱 보기에도 높아 보였고 목차의 내용은 상상을 초월했다. 우주선의 크기, 지구에 퍼져 있는 위치와 수, 무기의 작동방식, 외계인에 대한 분석, 향후 일어날 수 있는 시나리오 등 자세한 내용은 모르겠지만 지구가 맞이한 위기 상황을 철저하게 분석한 내용이 담겨 있는 것처럼 보였다.

"저 거대 우주선이랑 싸우기라도 하려고요?"

"네."

"농담입… 예?"

"싸울 겁니다."

희한한 감정이었다. 모두가 포기했을 거라 생각한 일을 이들은 하려고 한다. 단순히 그 사실만으로 강한 안도감이 들었지만 연이어서 과연 그게 가능할지 불안해지기 시작했다. 지구 문명의 최신 무기들을 사용해도 이길 수 없던 싸움에서 어떻게 이긴단 말인가. 민혁은 결국 부정적인 결론을 내렸다.

"안 될 것 같은데….."

"마지막 목차를 확인해주세요."

"…프로젝트 AZ?"

호기심에 프로젝트 AZ의 내용을 빠르게 훑던 민혁이 어느 순간 인상을 굳혔다. 그리고 미세하게 떨리는 손으로 서류를 내려놓았다. 주변에서 업무를 보던 요원들도 중요한 순간이라는 듯 중앙 테이블로 시선이 쏠렸다. 당연한 반응이라는 듯 단열은 조용히 답을 기다렸다. 잠시 무언의 시간이 흐르고, 드디어 두 사람의 눈이 마주쳤다.

"정리하면, 우주선에 잠입해서 외계인들의 수장이 누구인지 알아내고 암살을 하려고 한다. 맞아요?"

"맞습니다."

"그리고 그 적임자가 저고요."

"정확합니다."

"장난해요? 당신들도 아니고 제가 그걸 왜 합니까? 애초에 작은 회사에서 행정 일이나 보고 있는 사람이 적임자라니 말이 되는 소리를 해야지!"

민혁은 어이가 없다는 듯 침을 튀기며 물었다. 차라리 서류에 그럴싸한 이유라도 덧붙였으면 조금이라도 이해했을지 모른다. 하지만 아무런 이유도, 근거도 없었다. 최단열은 여전히 침착한 표정으로 답했다.

"저희도 의문입니다."

"…뭐라고요?"

"시간이 없으니 빠르게 설명해드리죠."

최단열은 자리에서 일어나 소형 리모컨의 버튼을 눌러 옆에 설치돼 있던 빔 프로젝터를 작동시켰다. 곧 등장한 화면엔 한글로 작성된 공문서가 보였고, 아조아 행성 대표 '리미다브'의 사인이 적혀 있었다.

"저들이 침공 후 우리에게 보낸 겁니다. 지구의 우주 쓰레기가 자신들의 민간인이 탄 우주선을 부쉈기 때문에 이를 선전포고로 간주, 무력화 시도를 했다고요. 현재의 행위가 침략이 아니라는 근거로 우주평화유지법률에 명시돼 있는 민간인 피해 최소화를 내세웠습니다. 뭐 저흰 그런 법률 알지도 못했지만요. 법률상으로는 행성 간의 다툼에서 군 통수권자를 잃게 되는 건 침략이 아니라더군요. 저희는 그 점을 역이용해 그들의 수장, 리미다브를 암살할 겁니다."

"우주 쓰레기가 태양계를 벗어나서 외계인이랑 교통사고를 냈다? 그 청구서를 저렇게 한글로 보냈고? 말이 된다고 생각하시나."

"저희도 처음에 믿지 않았지만… 또 모르죠. 쓰레기가 진짜 날아갔을지."

"국정원씩이나 돼서 너무 순진한 거 아니에요? 외계인들이 살려둔 이유가 있네요."

"저들의 과학 기술은 인간의 상식선을 뛰어넘었습니다. 이해하지 못해도, 이해해야만 하는 부분도 있죠. 일례로 다중언어가 가능한 요원에게는 저 문서가 여러 언어로 보이는 걸 확인했습니다. 같은 방식으로 다른 국가에도 저 내용을 전달했겠죠."

더는 반박할 수 없었다. 우주선이 나타났을 때 처음 든 생각은 범접할 수 없는 영역의 존재들과 만났다는 생각뿐이었으니까. 총탄이나 핵무기도 없이 원하는 지역만을 정확히 삭제시킬 수 있는 기술력은 인류에게 큰 패배감을 안겨줬다. 싸워볼까 했던 호승심도, 희망이 있을 거라는 믿음도 세계의 랜드마크와 함께 모두 녹아내렸다. 머리가 복잡해진 민혁은 입을 닫고 순순히 최단열의 말을 들었다.

"추가로 이런 게 왔습니다."

화면을 넘기자 '문화 교류 사업'이라 적힌 프로젝트가 보였다. 긴 내용을 요약하면 행성끼리 처음 인연을 맺었으니 서로의 사상과 문화를 교류할 자를 주기적으로 파견하자는 거였다. 주기는 한 달에 한 명. 저들이 원하는 인물상을 지정할 수 있다는 조항과 우주평화법률에 의거, 민간인들에게 공표하지 않는다는 조항이 걸려 있었다.

"이걸 사람들이 납득하고 따라가겠어요? 말이 교류지 거의 패전국 노예 데려가는 거 같은데….."

말을 하던 민혁이 갑작스레 입술을 깨물고 눈을 부라렸다. 두뇌 회전이 빠른 편은 아니었지만 위협적인 상황 정도는 본능적으로 깨닫는 편이었다. 민혁은 발끈하며 뼈있는 말을 건넸다.

"첫 명단에 제가 있는 거네요."

"그건⋯."

민혁은 처음으로 땅을 바라보며 말하는 최단열이 원망스러웠다. 그가 뭔가를 변명하듯 몇 마디를 이었지만 민혁에겐 더 이상 들리지 않았다. 처음 우주선에 대고 욕을 퍼부었을 때처럼 온몸이 뜨겁게 달궈지기 시작했다.

'운이 없었다고 생각하고, 조금만 더 힘내.'

늘 아까운 점수 차로 고시에 떨어졌을 때마다 동기들이 해준 말이었다. 처음엔 그 말처럼 운이 없었다고, 조금만 더 해보면 반드시 될 거라고 생각하며 악바리로 버텼다. 하지만 그동안의 노력이 무색할 만큼 세상은 민혁에게 아무 화답도 해주지 않았다. 운이 없는 게 아니라 그냥 재능이 없다고, 아무 의미 없는 거라 누군가 말해주길 바랐다. 민혁은 신입사원 환영식 때 젊은 동기들을 보곤 착잡함을 감추지 못했었다. 조금 더 일찍 포기할 걸. 어차피 될 사람은 되고 안 될 사람은 끝까지 안 되는 세상이었다. 운이 좋은 삶이란 어떤 것일까, 그런 순간이 한 번은 올까 싶었다. 그런데 이제는 세상이 민혁을 향해 희생하라 종용했다. 억울했다. 너무나 억울했다. 눈에 핏줄이 선 민혁은 결국 분통을 터뜨렸다.

"왜요. 아무것도 이룬 게 없고 실패만 해댄 사람이 필요하대요?"

"그런 게 아니라 일단 진정하시고….'

"아니긴 무슨, 그럼 제가 여기 왜 있어요. 아까 본인들도 의문이라고 했던 이유가 더 있어요?"

"대화가 안 통하는군요. 직설적으로 말씀드리죠. 홍민혁 씨는 교류 대상자가 아니라 '섭외자'입니다. 놈들한테 끌려가는 게 아니라 끌려갈 사람을 우주선으로 데려가는 게 임무라고요!"

"예?"

교류 대상자들을 데려오는 임무라니 도통 이해가 되질 않았다. 잠깐의 정적이 흐르고 최단열이 참고 있던 한숨을 내쉬었다.

"아까 홍민혁 씨가 말했죠. 이걸 사람들이 믿고 따라가겠냐고. 가뜩이나 민간인한테 공표도 못 한다는데 저희가 뭐라 설득을 합니까. 강제 이송해야죠. 그 일을 해낼 사람이 홍민혁 씨고요. 외계인들이 뽑은 거라 저희가 모르는 능력이 당신에게 있겠지

싶었는데 지금 보니 정말로 모르겠네요. 왜 당신 같은 사람을 섭외자로 선정했는지 원."

"외계인들이 저를 뽑았다고요?"

"저놈들이 직접 섭외자 명단을 골랐어요. 곧 팀이 꾸려질 겁니다. 이제 이해하시겠어요? 왜 프로젝트 AZ의 적임자가 당신인지."

"아무리 그래도 이건 너무 위험하잖아요. 제가 무슨 일 생기면 우리 어머닌 누가 챙겨요. 팀이 꾸려진다고 하셨는데 그럼 다른 사람들도 있는 거 아니에요? 그분들한테 맡겨요."

최단열의 이가 갈렸다. 그동안 답답했던 건 민혁뿐이 아니라는 듯 얼굴에 핏대를 세우며 테이블을 두 주먹으로 내리쳤다.

"당신이 그 망할 팀의 팀장이에요! 리미다브인지 니미다브인지가 직접 지목했고 그 새끼랑 직접 접촉할 수 있는 게 팀장밖에 없대요! 무슨 말인지 아시겠어요? 인류의 미래가 당신 같은 쫄보한테 맡겨졌다고!"

쫄보라는 단어가 욕처럼 들리지 않았다. 지금 느끼고 있는 공포감에 견준다면 쫄보라는 말보다 더

36

심한 욕도 어울렸다. 못하겠다고 말하고 싶었지만 생각해보면 이 요원들도 선택권이 없었다. 우주선에 있는 외계인들과 말다툼을 하지 않는 이상 무를 수가 없는 상황임이 분명했다. 사람만 옮기는 일이라면 모를까 프로젝트 AZ의 목표는 리미다브를 제거해 외계 행성의 통수권자를 잃게 만드는 것이니 위험도는 곱절로 뛰었다. 그런 일을 자신이 맡는다고 생각하니 뇌조차 저릿한 느낌이라 온몸이 얼어붙었다. 분을 삭이기 위해 물을 벌컥벌컥 마셔대던 최단열은 입구로 시선을 돌렸다. 천막 밖에서 민혁이 타고 온 헬기의 프로펠러 소리가 겹쳐 들려오며 다음 임무를 재촉한 까닭이다. 곧 검은 양복의 덩치가 천막을 걷어내고 고개를 끄덕였다.

"나가죠. 당신 팀원들 만나러 갑시다."

민혁은 사형장에 끌려가는 죄수처럼 터벅터벅 천천히 걸어 나갔다. 천막을 걷어내 야외로 나오니 쨍한 햇빛이 눈살을 찌푸리게 했고 수리온 헬기 넷이 뿜어내는 먼지바람은 코를 맵게 만들었다. 단열은 민혁의 앞으로 걸으며 나지막이 속삭였다.

"프로젝트 AZ는 당신밖에 모릅니다. 팀원들에게

는 절대 발설하지 마시고 관련된 내용은 여기 은막에서 저희 국정원과 소통해야 합니다."

두근거리는 마음을 감추기 위해 눈을 더 가늘게 뜬 민혁은 자신의 앞에 선 네 명의 팀원을 응시했다. 덩치 있는 거구와 삐쩍 마른 몸매가 비교되는 남자 둘에, 장발에 키가 큰 여자와 단발머리를 한 아담한 여자였다. 인사를 나누고 서로 통성명이라도 해야 할 것 같은 분위기였지만 아무도 말을 하지 않자, 덩치가 먼저 말을 걸어왔다. 머리가 한쪽으로 고꾸라져 있는 게 조금은 건방져 보였다.

"헬기 타고 들었는디 벌써 팀장이 있다네. 섭외 팀장이 누구여?"

"접니다."

"너여? 뭐 하다 온 누구여?"

남자의 무례한 태도에 짜증이 날 뻔했지만 장발의 여자와 마른 남자가 민혁의 심정을 대변해줬다.

"초면에 예의 좀 차리시죠."

"그러게요. 얘길 듣고 싶으면 먼저 해야 하는 거 아닌가?"

두 사람은 객관적으로도 준수한 외모였지만 민혁

의 눈엔 몇 배는 더 멋지게 보였다. 두 사람에게 한
소리를 듣자 무안했는지 헛기침을 낸 덩치가 먼저
소개를 시작했다.

"그려 뭐. 난 박상이고 금융회사 다니고 있어. 유
도 좋아하고."

옆에 있던 마른 남자는 고개를 갸웃거리며 박상
에게 물었다.

"성씨는?"

"외자여."

"에이, 밥상도 아니고 박상은 좀 그렇다."

"뭐 임마?"

"저는 임창국이에요. 별건 아니고 첨단 기계 파
는 사업가예요."

박상의 말을 잘라버린 임창국은 멀끔한 외모와
는 다르게 상대를 먹이는 재주가 있었다. 장발의 여
자도 연이어 자신을 소개했다.

"저는 한소라예요! 수영하다 왔어요. 친구들한테
별명은 전복소라였어요."

어디선가 본 것 같다고 생각했지만 가끔 TV에서
본 수영선수랑 비슷한 외모였다. 올림픽에서의 든든

한 모습과는 달리 이상한 개그 취향을 가졌구나 싶다. 한소라는 기대하는 눈빛으로 단발의 여자를 바라봤다. 순간이었지만 단발 여자의 각 잡힌 어깨가 굽어졌다.

"안세인입니다. 군인이었고요."

"워메, 겁쟁이는 여기 뭐더러 왔대?"

박상이 다시 한번 아니꼬운 말투로 말했다. 그러나 이번엔 박상을 비난하는 시선이 없었다. 지금 사람들에게 가장 꺼리는 집단이 있다면 그건 군인이었다. 국민의 안전을 지켜줄 거라 믿었던 자들이 패배를 직감하곤 누구보다 빠르게 종적을 감춰버렸다. 국정원에 붙잡혀오지 않았다면 군인과 대화할 마음이 평생 생기지 않았을 것이다. 반면 민혁은 내심 안세인이 존경스러웠다. 급조해서 만들어진 팀인 만큼 다른 직업으로 속일 법도 한데 그러지 않았다. 어쩌면 이 자리에 선 누구보다 솔직하고 용감할지도 모른다 여겼다.

"우리도 할 만큼 했습니다. 적들이 얼마나 말도 안 되는 기술력을 가졌는지 실제로 본 적도 없으면서 함부로 생각하지 마세요."

"그려도 도망친 건 똑같아."

"당신들도 봤어야 됩니다. 분명 포탄이 우주선을 피격했는데 주변이 잠깐 일렁이더니 말끔하게 돌아왔어요. 마치 그런 일이 없었던 것처럼."

"사람이 겁을 먹으면 기억까지 왜곡시키는 거여. 싸우지도 않고 줄행랑쳤으면서 소설 쓰기는."

"거짓말 아닙니다! 분명 그건 시간조차 되돌리는 모습이었다고요."

박상은 안세인의 변명이 짜증났는지 인상을 찡그리며 팀장으로 선택된 민혁에게로 시선을 넘겼다.

"니는 뭐디?"

박상, 임창국, 한소라, 안세인까지 평탄치는 않았어도 팀원들의 소개는 모두 끝났다. 자연스레 나머지 세 사람의 눈길도 자신들을 이끌 민혁에게 향했다. 사실 팀원들이 신분을 소개하는 동안 민혁의 머리는 더 복잡해졌었다. 금융인, 사업가, 유명 수영선수, 군인 앞에서 이름 모를 회사에서 사무직을 하는 자신이 떳떳한 리더가 될 수 있을지 걱정이었다. 문득 취업 준비를 하며 읽었던 면접 준비 교재의 소제목이 떠올랐다. '피할 수 없으면 털어라'. 교재 내용은 당당하지 못할 땐 포기하지 말고 끝까지 입을 털어야 산다는 의미였지만 평소 거짓말을 못 하던 민혁에게는 꾸미지 말고 솔직하게 털어놓으라는 말로 이해됐다.

"저는 중소기업 신입…."

조용히 대화를 듣던 최단열이 민혁의 어깨를 잡고 휘릭 돌려버렸다. 그리고 억지 미소를 지으며 작게 속삭였다.

"장난합니까? 그렇게 말하면 쟤들이 따르겠어요? 그냥 국정원 소속이라고 하세요."

거짓과 담을 쌓은 민혁이었지만 최단열의 조언에 틀린 말은 없었다. 프로젝트 AZ의 성공 유무를 떠나서 최소한 업무환경 개선을 위해서라도 조언을 꼭 들어야 할 것 같았다. 민혁은 떨리는 입술을 바로잡고 배에 힘을 준 뒤 목을 힘껏 끌어올리며 말했다.

"안녕하세요. 저는 국정원 소속 중소기업 감사팀 홍민혁입니다!"

"중소기업 감사팀?"

최단열은 손바닥으로 자신의 이마를 치며 섭외팀 모두를 서둘러 헬기에 탑승시켰다.

2

"그런 곳도 있긴 허겠구나."

다 같이 헬기를 타고 이동하기 시작했을 때. 박상이 혼잣말을 하며 고개를 끄덕였다. 머릿속에서 중소기업 감사팀이 어떻게 존재할지 상상을 하곤 스스로 납득한 모양이었다. 박상이 수긍하자 나머지 팀원들도 가볍게 넘기기 시작했다. 민혁은 의외로 수용력이 강한 팀원들이라 판단하고 여세를 몰아 어색함을 풀려 했다.

"그냥 우리 말 놓을까요?"

"어차피 쟤도 반말하는데 그러죠, 뭐."

"그쵸! 저희 비슷한 나이 같지 않아요? 완전 찬성이에요!

"또래 같아서 존칭은 조금 어색한 거 같기도 하네요."

민혁은 또래 같다는 말에 입술을 깨물었다. 지금 자연스럽게 올라가는 입꼬리를 내릴 수 있는 유일한 방법이었다. 회사에서 동기들은 서른이 넘은 자신이 뭔가 결여된 인간이라는 듯 꺼리는 낌새였다. 웃으며 다가가도 무표정한 얼굴로 피하고, 다른 사람과 있다가도 자신이 다가가면 이야기를 멈췄다. 하지만 이들은 달랐다. 어이없는 만남이었지만 자신과 가까워지려 하고, 심지어 같은 그룹으로 칭하며 묶으려 하고 있었다.

"그러든지. 그래서 우리 지금 어디 가는 거여?"

역시나 박상이 먼저 물었다. 덩치와 어울리지 않게 남들보다 생각이 앞서는 느낌이었다. 예의는 조금 없어도 상황을 냉철하게 보는 게 금융인이라는 직종과 썩 어울렸다. 민혁은 프로젝트 AZ의 첫 번째 페이지를 떠올렸다. 팀장으로서 예정된 일정들과 앞으로 활동할 예상 지역이 적혀 있는 부분이었다.

"우릴 납치한 사람. 아니지, 납치한 외계인 만나러."

모두의 시선이 헬기 밖으로 향했다. 각기 다른 사연을 가지고 이곳에 왔지만 지금 품은 감정은 서로 닮아 있었다. 형용할 수 없는 존재와의 만남이, 지금보단 더 나은 미래로 이끌어줄 수도 있다는 일말의 희망과 그저 외계인의 노리개가 될 수도 있다는 공포감이 교차했다. 서로에게 들릴 정도로 침을 잔뜩 삼킨 팀원들의 동공에 빛이 들어섰다. 우주선 옆면이 열리며 끝이 보이지 않는 터널이 나타났다. 곧 자석이라도 있는 것처럼 빨려 들어가니 순식간에 우주선 내부로 착륙해 있었다. 역시나 이해 못 할 과학력이었다. 알 수 없는 수정처럼 빛나는 광석이 천장과 바닥을 기준으로 몰딩 처리되어 있고, 모든 벽의 색은 눈이 아플 정도로 밝은 흰색이었다. 더 이상 바라보면 눈이 멀 것 같았는지 팀원들은 빠르게 수리온에서 내렸다.

"저는 여기서 대기하고 있겠습니다."

"최단열 씨는 같이 안 가요?"

"외부인은 출입금지라서요."

최단열이 헬기 문을 닫으며 민혁에게 고개를 끄덕

였다. 말다툼이 있긴 했지만 역시 지금 가장 신뢰할 수 있는 사람은 최단열이었다. 민혁은 알겠다는 의미로 고개를 숙이려 했지만 최단열은 검지손가락을 들고 관자놀이를 두 번 쳐댔다. '중소기업 감사팀 요원'이라고 소개한 민혁의 재치를 전혀 믿지 않는 눈치였다. 기분이 상한 민혁은 최단열을 신경 쓰지 않고 방향을 틀었다. 곧장 앞으로 걷자 바닥엔 블루 카펫이 깔려 있었다. 마치 이 길을 따라오라는 듯 길게 뻗은 카펫은 걸으면 걸을수록 더 얇고 길어지는 느낌이었다. 발이 아팠는지 박상이 투정을 부리려 할 때쯤, 한소라가 앞을 가리켰다. 지금까지 볼 수 없었던 붉은 수정 몰딩의 대형 문이었다.

심박수가 높아져 갔다. 최소한 지구인이라면 이 문이 어떤 미래로 자신을 이어줄지 가늠할 수 없었다.

"우웨엑."

멍하니 서 있던 안세인이 바닥에 구토를 했다. 바로 옆에 있던 한소라 또한 놀랐는지 등을 두드려주었지만 한소라 역시 과호흡 중이었다. 본래 성격이었다면 박상이 두 사람을 비아냥댔겠지만 지금은 그조차도 임창국과 함께 굳어 있었다. 민혁은 자신이 팀장이 된 이유가 은근 겁대가리가 없어서일지 모른다고 생각했다. 어쩌면 술에 취해 우주선에 대고 욕을 했을 때 모든 게 정해진 걸지도 모르겠다. 팀원들에게 잠시 시간을 준 민혁은 조용히 거대한 문을 두드렸다. 곧 내부 공기가 바깥으로 배출되는 소리가 들리며 문이 열렸고 팀원들의 얼굴이 반짝였다. 바로 앞에 나타난 수영장 물이 창문을 통해 들어온 햇빛을 반사시킨 것이었다. 수영장 너머로는 다섯 명이 쓸 수 있는 오각형 테이블, 좌측과 우측엔 주방, 소파, 고급침대가 나란히 놓여 있었다. 모르는 사람이 보면 풀 파티를 할 수 있는 초고층 럭셔리 호텔로 착각했을 것이다. 이 황당한 공간을 보고 모두가 멈춰 있자 벽에 걸린 수정 모양 스피커를 통해 누군가 말을 걸어왔다.

"시방 밖에 서서 뭐한디, 어여 들어와유."

민혁의 미간이 좁혀졌다. 예상과는 다른 너무나 정겨운 말투였다. 박상도 고향 사람이 있는지 황급히 주변을 둘러볼 정도였다. 팀원들이 경계하며 의심스러운 첫발을 내딛자 수영장 안에서 흰 래쉬가드를 입은 여자가 튀어나왔다. 너무나 갑작스러웠는지

47

한소라는 물귀신이라도 본 것처럼 소리치며 물었다.

"누구야!"

눈조차 깜빡이지 않는 신원미상의 여자는 기묘한 분위기를 자아냈다. 분명 잠수를 한 것 같은데 숨을 내쉬지도 마시지도 않았다. 부끄러움도 없는지 몸선이 드러나는 래쉬가드를 입고도 부담스럽게 다가오자 박상과 임창국은 눈을 돌렸다. 곧 섭외 팀원들은 스피커로 들은 목소리의 출처가 어딘지 단번에 알 수 있었다. 기묘한 여자가 입을 벌리고 음성을 뱉은 까닭이었다.

"아, 내 정신 좀 봐. 인간들은 원래 이렇게 대화하지."

팀원들은 상황 파악을 했는지 놀란 가슴을 진정시키며 입을 닫았다. 아조아 행성에 사는 외계인은 사람과 모습이 똑같았다. 단순히 형태뿐만이 아니라 동양적인 피부와 허리를 넘어서는 검고 긴 생머리는 한국인이라고 해도 믿을 정도였다. 여자는 손가락을 한 번 튕기더니 순식간에 온몸을 흰 원피스로 감싸 걸쳤다.

"내 사투리 인사 어땠어? 고심 끝에 가장 친근한 말투라고 해서 선택했는데."

물론 아무도 여자의 질문에 답하지 않았다. 잘못된 답변으로 죽을 것 같다는 우려 때문이 아니었다. 그들의 예상과 너무나도 다른 상황으로 흘러간다는 게 문제였다. 어색한 미소로 정적 속에 서 있는 여자에게 민혁이 대표로 물었다.

"당신이 리미다브인가?"

"리미다브?"

여자는 민혁의 질문이 어떤 의미인지 고개를 숙이며 고민하더니 크게 입을 벌리고 웃기 시작했다. 역시나 손으로 입을 가리지 않고 큰 눈을 뜨며 웃는 게 평범한 지구인의 느낌은 아니었다. 혹시 말실수를 한 걸까, 난감해하던 민혁의 앞으로 여자가 다가왔다. 그러고는 부드러운 손끝을 들어 올리며 민혁의 턱을 잡고 말했다.

"지구에 사는 애들은 죄다 기고만장하다더니 진짠가 보네. 얘, 좀 생각을 해봐. 이 콩알만 한 나라에 총통께서 직접 오실까? 너희가 뭐 지구대표라도 돼?"

"대표는 아니지만 섭외팀을 요청했잖아. 당신들이 우릴 선택했으니 특별한 이유가 있을 거고."

"착각하나 본데. 지구 위에 있는 함정은 수백 척이

넘어. 섭외팀은 함정들 발밑에 있는 국가에 전부 요청한 거고. 난 단지 한국이란 지역의 담당일 뿐이야. 분수를 알아야지."

여자의 조소에 팀원 전원의 표정이 어두워졌다. 의도는 서로 달랐지만 그들이 최소한의 의욕을 가지게 된 이유는 자신이 선택받은 사절단으로서 미래를 더 나은 방향으로 이끌 수 있다는 자기 효능감이 생겼기 때문이었다. 하지만 지금 여자의 말을 들어보면 섭외팀이란 건 그리 특별하지도 않았고 그저 흔한 전쟁 노예일 뿐이었다. 국정원으로부터 리미다브 암살 지시를 받은 민혁은 기가 찼다. 은막에서 들었던 정보라면 자신은 리미다브를 만나야 한다. 국정원의 정보가 잘못된 건지, 시간이 지나면 만날 수 있는 건지 감이 잡히지 않았다. 이대로라면 아조아 행성의 수장을 만나는 건 고사하고 일개 부하에게 조종당하며 외계인의 앞잡이가 될 뿐이었다. 여자는 그들의 표정을 지켜보더니 조금은 밝은 얼굴로 이야기를 이어갔다.

"소개를 깜빡했네, 난 김지민이라고 해."

박상이 거슬린다는 듯 인상을 찌푸렸다. 외계인 주제에 자신들이 짓밟고 있는 한국인의 이름을 사용하고 있었다. 그들이 무슨 생각을 하는지 예상한다는 듯 김지민이 정색을 하며 설명했다.

"담당 지역 이름으로 개명하라는 지침이 왔어. 원주민들과 친해지길 바란다나 뭐라나."

"옘병."

"나도 기분 좋진 않으니까 표정 좀 풀지? 각설하고, 보시다시피 난 이 교류함의 함장을 맡고 있어."

"교류함?"

"응 최소한의 무기만을 탑재한 교류함. 설마 여길 오는데 전투함을 끌고 왔을까. 다시 한번 말하는데 우린 너희들이랑 문화 교류를 하러 왔을 뿐이야."

'전투함이 아니었어…?'

자신을 김지민이라 밝힌 외계인과는 대화할 때마다 예상이 엇나가고 있었다. 순식간에 건물을 녹여 버리고 인류의 최신 무기를 무력화시킨 가공할 비행체가 전투함도 아닌 너무나 건전한 이름의 교류함일 뿐이라니 그들의 과학 기술력 수준이 어느 정도인지 더는 생각할 의욕조차 사라졌다.

"문화 교류를 목적으로 왔다는 말을 저희가 어떻게 믿죠?"

"잠깐만, 세인 씨."

분한 감정이 이는 듯 벌벌 떨면서도 양손에 주먹을 쥔 안세인에게 민혁은 고개를 저어 보였다. 지금은 그런 질문을 할 때가 아니었다. 물론 민혁도 문화 교류가 목적이라는 말은 믿지 않았지만 외계인을 처음 만난 지금 적의를 들어내는 것은 너무나 어리석은 행동이었다.

"그런 말에 일일이 답해야 하나? 하기 싫으면 말해. 다른 사람 뽑으면 되니까."

민혁의 만류 덕분이었는지 정신을 차린 안세인은 다시 차분한 얼굴로 김지민을 대했다. 옆에 있던 한소라와 임창국은 순간 안세인이 해코지라도 당할까 걱정했었는지 가슴을 쓸어내렸다. 대충 정리가 됐다고 생각한 김지민은 손가락을 까딱거리며 안쪽 공간으로 향했다. 팀원들은 주저하는 눈치였지만 민혁이 따르자 하는 수 없이 무거운 발걸음을 옮겼다.

"여기부터, 여기까지. 다 너희 거야."

회의용 테이블이 있는 내부 공간에 도착하자 김지민이 벽면에 손을 가져다 댔다. 팀원들은 말뜻을 몰라 의아했지만 곧 기계음이 들리며 그들의 얼굴에 칠해진 그림자를 지워냈다. 거대한 벽면이 열리고 총기, 혹은 검의 손잡이로 보이는 물품들이 조명과 함께 모습을 드러냈다. 하지만 팀원들의 시선은 더 안쪽에 있는 물체에 쏠렸다. 검은색임에도 광택으로 인해 반짝이는 금속 슈트 다섯 벌이 기묘한 소리를 내며 자태를 뽐내고 있었다. 함께 놓아둔 헬멧, 건틀릿, 부츠의 사이즈도 맞춤형인 듯 팀원들의 신체와 비슷했다.

"와아. 이게 다 뭐예요?"

임창국은 언제 경계했냐는 듯 감탄사를 내놓았다. 첨단 기계를 파는 사업가여서 그런지 외계문명의 물건들에 현혹된 표정이었다. 한 손에는 총을 한 손에는 건틀릿을 든 임창국이 김지민을 보며 반짝이는 눈으로 답을 기다렸다.

"교류자들을 맨몸으로 데려올 생각은 아니었겠지? 너넨 어떨지 모르겠지만 난 정말 바빠서 말이야. 시간이 질질 끌리거나 하는 건 질색이야. 빠르고 정확하게 섭외할 수 있는 물품들이니 매뉴얼 보고 잘 숙지해. 앞으론 전원 여기서 지내시면 되니까 천천히 둘러보고."

"우린 이곳에서 얼마나 있어야 되지?"

민혁은 의도적으로 귀찮다는 표정과 함께 물었다. 현재 자신을 도울 수 있는 유일한 존재인 최단열과 대화하려면 연락 시점과 방법을 알아내야 했다. 의도를 드러내지 않고 목적을 달성하기 위해 지금은 그저 '나태한 팀장'으로 변신해야 했다. 그러나 민혁의 연기는 금방 끝날 수밖에 없었다. 평정심을 잃기에 너무나 좋은 답이 날아왔다.

"평생."

"뭐?"

"뭘 그렇게 정색까지 하고 그래. 지구인처럼 농담해 봤어. 수명을 다해 의식을 잃을 때까지로 정정할게."

김지민의 무심한 대답에 충격을 받은 건 민혁뿐이 아니었다. 다른 팀원들 역시 죽을 때까지 이 일을 하게 될 줄은 몰랐다. 만약 그렇더라도 출퇴근은 가능하게 되리라 생각했다. 말도 안 되는 부당 계약에 박상이 화가 났는지 김지민에게 큰 걸음으로 다가갔다. 상대는 외계인이었지만 덩치는 박상이 더 컸으므로 위압감이 느껴졌다.

"지금 나랑 장난치냐? 나가 어린 동생이 있어서

옆에서 돌봐주지 않으면 안 되겠는디."

"그렇구나."

"아아악!"

김지민이 손가락을 벌리곤 아귀의 힘만으로 박상을 무릎 꿇렸다. 정확히는 머리가 땅에 박힌 형태였다. 박상의 머리에서 피가 흘러 눈 밑으로 흐르자 조용했던 안세인이 눈을 부라리며 소리쳤다.

"지금 뭐 하는 겁니까! 이게 당신들이 말하는 문화 교류인가요?"

"제대로 이해를 못 했네. 평화법상 너흰 가해자들이야. 문화 교류는 총통이 베푸는 선의일 뿐이지 너네 신분을 바꾸지는 못해. 아니면 전쟁 포로라고 불러줄까?"

"두 분 말씀 중에 죄송한데, 전 여기서 빠질래요!"

"굳이 특혜를 놓치겠다면 뭐, 알겠어, 잘 가."

한소라는 겁을 잔뜩 먹은 듯 초점 잃은 눈으로 입구를 향해 달려 나갔다. 순간 민혁의 뇌에 거대한 시스템이 다운로드 되는 느낌이 들었다. 평범했던 뇌가 바이러스 가득한 업데이트를 받아 변이되는 감각과 비슷했다. 보이지 않은 무언가, 불길한 직감이 온몸의 털을 쭈뼛쭈뼛 세웠다. 민혁은 본능적으로 고개를 쳐들고 급격하게 발목을 꺾어 한소라의 뒤를 향해 달렸다. 전속력으로 뛴 덕인지 문 앞에 도착하기 전 한소라의 몸을 속박하며 몸 위를 포갤 수 있었다.

"놔요! 난 돌아갈 거야, 이건 그냥 수용소잖아!"

민혁은 다급히 한소라의 입을 막았다. 그리고 뒤에서 상황을 지켜보던 김지민을 향해 외쳤다.

"아직 안 나갔어!"

김지민은 아쉽다는 듯 입술을 튕기며 소리를 냈다. 곧 민혁과 한소라 쪽에 있던 출입문이 자동으로 열리며 괴한들이 모습을 드러냈다. 벽에 걸린 슈트와 무기로 동일하게 무장을 한 자들이 3열로 진형을 이루고 있는 모양이었다. 입이 막혀 있던 한소라는 그 모습을 보고 눈이 붉어지기 시작했다.

"저 녀석들이 쉽사리 도망치게 둘 리가 없잖아."

만약 한소라가 문을 나갔다면 분명 죽었을 것이다. 이 너무나 간단명료한 사실은 한소라를 심각한 패닉 상태로 몰아갔다. 민혁은 한소라의 눈이 감기고 몸에서 힘이 빠지는 게 느껴지자 부축해 김지민의 앞으로 함께 돌아왔다. 아까 몸속에 파고든 것 같은 기묘한 느낌은 뭐였는지 의문이었지만 지금은 위기를 벗어나는 게 우선이었다.

"감이 좋아. 너희 좋은 팀장 뒀네."

김지민은 손끝에 더 힘을 주며 말했다. 박상은 피를 많이 흘렸는지 눈을 끔뻑거리며 뭔가를 중얼거렸다. 성격상 입 밖으로 낼 수 있는 욕을 전부 쏟아내고 있었겠지만 몸이 따라주지 않는 모양이었다. 민혁은 저벅저벅 김지민에게 다가갔다. 죽음의 기로에 선 팀원을 살릴 수 있는 하나뿐인 행동을 해야 했다.

"많이 혼낸 거 같은데. 적당히 해주지? 팀장 업무 보려면 꼭 필요한 친구야."

민혁이 과감하게 김지민 앞에 무릎을 꿇었다. 고개까지 떨구고 호소한 덕인지 김지민은 만족스럽다는 표정으로 아귀힘을 풀었다.

"정리된 거 같으니까 가볼게. 필요하면 알아서 찾아올 테니까 그전까지 처신 잘하고. 아자아자, 파이팅!"

김지민은 어울리지 않는 밝은 미소로 작별 인사를 하곤 무장한 괴한들과 사라졌다. 외계인들의 발소리가 사라지자 안세인은 의식이 없는 한소라를 눕

히고 겉옷을 벗어 체온을 유지시켰다. 민혁은 다급히 옷깃을 찢어 앓는 소리를 내는 박상의 머리를 지혈했다.

"일은 할 수 있게 해줘야지, 썩을."

"이걸 써보자!"

그때 임창국이 쇠붙이 하나를 들고 나타났다. 권총의 형상을 했지만 총구 쪽엔 일자 모양으로 가공된 수정이 박혀 신비한 모양새를 하고 있었다.

"이게 레이저 리스토어라는 건데 매뉴얼을 읽어보니 원거리에서 치료 가능한 총이래!"

임창국이 머리에 총구를 들이밀자 박상은 조금은 찝찝했는지 미간을 좁혔다. 하지만 민혁이 고개를 끄덕이니 호흡을 가다듬으며 눈을 질끈 감았다. 곧 수정에서 스파크가 튀며 용접을 하듯 이마가 접합되기 시작했다. 이어서 영수증을 찍는 바코드처럼 비프음이 들리더니 수 차례 번쩍였다. 박상은 점점 묘한 표정을 지었다. 박상의 눈이 이상할 정도로 커지자 임창국은 자신이 실수했을까 봐 우려하며 총구를 내렸다.

"좀만 더 혀봐."

박상이 아쉬운 표정으로 총구를 잡고 머리에 가져다 댔다. 다시 비프음이 들리고, 박상은 좋은 꿈이라도 꾸는 것처럼 나른한 얼굴로 잠들어버렸다. 민혁은 그 과정을 면밀히 지켜보다가 처음에 접합시킨 피부조직까지 재생되는 것을 확인했다. 총을 들고 있던 임창국도 안도하며 땅에 주저앉았다. 혹시나 매뉴얼에 적힌 내용과 다르게 살상을 위한 무기였다면 어땠을지 상상조차 하기 싫었다.

"다들 잠깐 쉬는 게 좋겠어."

민혁의 지시에 임창국과 안세인이 다친 두 사람을 소파 위에 눕혔다. 민혁은 숨을 돌리며 팀원들을 바라봤다. 처음에 비하면 조금은 안심이 되었다. 만남은 거칠었지만 확실히 서로 돕고 의지할 수 있다는 생각이 들었다. 임창국의 행동은 인상 깊었다. 단순히 외계 문물에 빠져 있는 듯 싶었지만 짧은 순간에 매뉴얼을 읽고 팀원들을 도울 방법을 찾아냈다. 안세인은 김지민을 노려보며 끝까지 태도를 달리하지 않았다. 적의를 보이는 걸 기피하는 민혁이었지만 그건 단기적인 목표를 위한 위장일 뿐, 속마음은 안세인과 다르지 않았다. 외계인에게 굴복하며 추앙

하는 자들보단 솔직히 이쪽이 더 마음에 갔다. 문득 프로젝트 AZ가 떠올랐다. 목숨을 걸어야 하는 일이 었지만, 그 방법 말곤 인류의 미래를 바꿀 수가 없어 보였다. 더욱 철저하게 섭외 팀장으로 업무를 보면서 외계인 총통에게 접근할 방법을 찾아야 했다.

★

시계는 없지만 창밖으로 보이는 달과 별 무리가 밤을 알려왔다.

"염병, 대가리 나가는 줄 알았네."

몸 상태가 괜찮아졌는지 박상의 말투가 평소처럼 점잖지 않았다. 소파에서 몸을 일으켜 근육을 푸는데 다행히 약간의 통증을 제외하면 큰 문제는 없어 보였다. 고개를 들어 건너편을 보니 임창국과 안세인이 벽에 등을 대고 숙면을 취하고 있었다.

'피곤들 하겠지. 담력으로 소문난 나도 이렇게 무서운디.'

박상은 주변으로 눈을 굴리다 바닥에 쓰러진 팀장을 발견했다. 매뉴얼을 읽다 잠이 들었는지 복장도 그대로였다. 이상한 사람이었다. 지상에서 처음 인사를 나눴을 땐 예상과는 거리가 먼 얼빵한 얼굴이 너무나 거슬렸다. 저런 사람을 팀장으로 믿고 따르느니 차라리 독단적으로 행동하는 게 나아 보였다. 하지만 말을 놓고 난 이후로 왠지 모를 친근함이 느껴졌고, 우주선에 탄 이후로는 믿음직한 모습들을 보여줬다. 기묘할 정도로 차분한 표정과 냉철한 모습은 머저리 같은 첫인상을 지우기에 충분했다. 찰나의 기억이었지만 원격 치료기를 사용할 때도 불안했던 자신에게 고개를 끄덕거리며 안심시켜주던 눈빛이 선했다. 우주선에 오며 괜찮은 척했지만 실은 박상도 무서웠다. 미지의 공간, 무지의 존재, 괴생명체들과 만나 실수하는 순간 죽을 수도 있다는 생각이 살고 싶다는 본능을 자극했다. 그래도 저 이상한 팀장이자 친근한 동네 형 같은 리더라면 조금은 믿고 따를 수도 있을 것 같은 느낌이 들게 됐다. 박상의 안정된 호흡이 느껴졌는지 먼저 깨어 있던 한소라가 기다렸다는 듯 자세를 바꿔 마주 보았다. 한소라는 박상의 시선을 읽고는 입꼬리를 살짝 올리며 말했다.

"신기한 사람이지? 우리 팀장님."

"긍게."

"여기 온 이후로는 다른 사람이라도 된 것 같지 않아? 나 그 덕분에 살았잖아."

"국정원이니께 정보를 미리 파악했나보지."

"픕."

잠이 든 팀원들을 깨울까 봐 웃음을 참으려 애쓰는 소라였다. 박상은 평소와 같이 눈을 날카롭게 뜨고 물었다.

"웃어?"

"너 보기랑은 달리 순수하구나. 진짜 믿는 거야? 국정원 중소기업 뭐시기를?"

"모르는 거여. 너도 요원이었던 적 없으면 아는 척하지 말어."

"네네."

잠깐이지만 끔찍한 상황을 경험한 두 사람은 거대한 창틀로 시선을 옮겼다. 밖이 훤히 내려다보이는 투명한 외벽. 하늘은 두 사람이 처한 상황을 모르는지 속없이 아름답고 거대한 달을 선사해 보였다. 그 덕분에 두 사람의 어두운 표정은 역광에 가려져 쉽게 보이지 않았다.

★

"다 일어난 것 같으니까. 브리핑 시작할게."

민혁이 테이블 위로 양손을 쿠웅! 내리치며 말했다. 일생이 무직이었던 민혁이 직장을 다닌다면 해보고 싶었던 행동 3위에 랭크된 자세였다. 분명 많이 어색했지만 기분은 썩 나쁘지 않았다. 이제는 팀장으로서 역할을 할 차례였다. 들뜬 마음을 가라앉히고 대학에서 팀플을 진행하던 기억을 더듬으며 낮은 톤의 목소리로 설명을 시작했다.

"어제 많은 일이 있었고 다들 무서울 거 알아. 근데 잊지 말아야 할 게 있어. 우린 저 외계인들한테 꼭 필요한 사람들이라는 거. 그러니까 불안해하지 않았으면 해. 여기서 지명한 교류자를 섭외하고 데려오기만 하면 아무 일도 없을 거야."

"그래서 하고 싶은 말이 뭐여?"

"모두 다치지 않았으면 좋겠어."

뜬금없었지만, 적잖이 와닿는 말이었다. 팀원들은 이곳에 오기 전에 있었던 상황을 떠올렸다. 가족, 친구, 연인. 사랑하고 사랑받던 관계와 영원히 단절된 느낌은 마음을 곪게 만들었다. 민혁의 난데없는 멘트가 잠시나마 마음을 따뜻하게 만들어 기분이 썩 나쁘지 않았다. 준비한 말을 끝낸 민혁이 테이블에서 벗어나 몸을 바삐 움직였다. 외계 무기들을 시연하기 위해 어젯밤 매뉴얼을 읽고 또 읽었다. 안전하라는 명령을 내렸으니 방법을 알려줄 차례였다. 민혁은 우선 수십 대의 화물 트럭에 치여도 몸을 지킬 수 있고 아파트 20층 높이에서 떨어져도 무사히 착지할 수 있도록 설계됐다고 적힌 강화 슈트를 선택했다. 민혁이 넓게 펼쳐진 슈트 앞에 다가서자 팔, 다리, 몸, 머리 순으로 몸이 감싸졌다. 완벽하게 장착된 것을 확인한 민혁은 옆에 걸려 있던 총기류를 꺼내 들고 수영장으로 뛰어들었다. 그러자 언제 켜져 있었는지 인지하지도 못했던 벽면 디스플레이에서 수중 속 상황이 상영됐다. 수중 호흡이 가능한지 대량의 공기 방울을 내뱉던 민혁은 다짜고짜 수영장 내벽을 향해 총기를 난사하기 시작했다. 푸른 빛깔이 아름다운 직선을 반복적으로 그어갔다.

"플라스마 라이플이야. 탄창 수는 따로 없고, 자동충전식이라 게이지를 확인하고 사용하면 돼. 조정

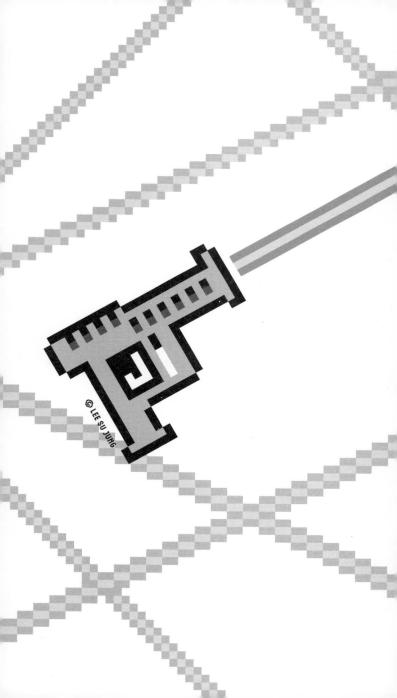
© LEE SU JUNG

간을 마이너스에 두면 기절용, 플러스에 두면 살상용이니까 잘 체크하고."

플라스마 라이플은 외형에 비해 총격음이 크지 않았다. 소음기라도 장착된 듯 신비한 효과음이 들리자 호기심이 생긴 듯 임창국의 어깨가 들썩였다. 민혁은 총을 뒤로 밀어 등 쪽 거치대에 장착시킨 뒤 허리춤에서 검의 손잡이를 꺼내 엄지손가락에 위치한 푸른 수정을 눌렀다. 그러자 손잡이 중앙부에서 20센티미터 정도 길이의 플라스마 검이 생성됐다. 짧지 않은 사이즈였지만 강화 슈트의 두께와 비교하면 분명 단검처럼 느껴졌다.

"플라스마 대거는 장애물을 절단하거나 벽을 뚫을 때 사용해. 안전장치가 없어서 위험하니까 필요한 상황이 아니면 사용하지 말자고."

민혁은 어제 사용했던 레이저 리스토어의 시연까지 마치고서야 수영장 위로 올라왔다. 빠진 내용은 없는지 체크하며 서 있자 임창국이 기침을 해댔다. 영화에서 보던 멋진 장면에 침을 삼키다 기도로 들어가버린 탓이었다. 평소 첨단 기계의 끝은 멋진 외관이어야 한다고 주장해 왔었다. 아무리 대단한 기술이 있는 제품이어도 화려한 형상을 갖추지 못한 다면 싸구려라고 느껴졌다. 탄소섬유처럼 보이는 슈트 외골격과 강화유리로 보호받는 디스플레이 마스크, 용도가 무궁무진한 화려한 무기들까지 전부 취향에 맞았다. 군인이었던 안세인도 집중하고 있긴 마찬가지였다. 포병 출신이었던 아버지를 존경해 해병대 부사관으로 입대 후 K55 자주포를 운용하던 과거가 스쳐 갔다. 사수가 되고 싶었음에도 전시에 탄약 운반 문제가 제기되어 자주포 운전병이 되었지만, 언젠가 K55와 K9자주포의 사수를 맡겠다는 꿈으로 버텨왔다. 아버지의 지론을 물려받아 화력은 국력이라 생각했기에 강력한 최신 무기를 보면 속없이 두근거렸다. 안세인은 생각에 더욱 빠져들까 봐 허벅지를 세게 꼬집었다. 중요한 사실은 이것들이 인류의 무기가 아니라는 점이었다. 섭외팀이 이 무기들을 사용하는 것은 결국 자신들이 외계인들의 목적을 이뤄주기 위한 도구가 됐다는 의미이자 상징이 될 것이었다. 마음 같아선 무기를 들고 함장을 협박해 우주선을 점거하고 싶었지만 정보가 부족한 상황에선 조금 더 상황을 지켜보며 때를 기다려야 했다. 그것만이 자신을 믿었던 아버지와 국민에게 속죄할 수 있는 유일한 방법이었다.

'이건 따로 안 알려줘도 되겠지.'

민혁은 슈트 손목춤에 장착된 점멸등을 살폈다. 매뉴얼엔 팀장 전용으로 소지하게 되는 물품들이 작게 적혀 있었다. 점멸등은 필요시에 손목을 뒤로 당겨 발동되는데, 그 빛을 본 사람은 하루 정도의 기억을 잃게 된다. 교류자들을 섭외할 때 이를 목격한 일반인이나 교류자의 가족들을 마주치면 사용하는 기계였다. 팀원들에게 점멸등을 알려주지 않은 이유는 그 부작용에 있었다. 필요 이상으로 반복하여 사용하면 뇌에 영구적인 손실을 안길 수 있었다. 만약 첫 출동 이후 우울증을 앓게 된 팀원이 생긴다면 점멸등으로 기억을 지우면 되겠지만 그러다 중독되는 순간 큰일이 벌어진다. 마저 장비들을 체크하고 설명을 끝내려던 민혁은 이상한 느낌이 들었는지 고개를 푹 숙이고 생각에 빠졌다.

'내가 왜 이런 걱정을 하고 있지?'

객관적인 시선에서 자신을 설명하자면 민혁은 평범하게 이기적인 사람이었다. 하나뿐인 가족인 어머니를 제외하면 자신이 세상의 전부라고 믿고, 스스로의 욕심을 채우기 위해 노력해왔다. 최단열에게 쫓길 때 연락해볼 친구조차 없었던 것도 비슷한 이유에서다. 하지만 지금 민혁은 본인이 알던 모습과 달랐다. 자신이 이타적인 사고를 하고 있다고 자각하자 불편한 의구심이 들었다. 팀 활동을 제대로 해본 적이 없어서 모르고 있던 것인지, 자리가 사람을 만든다고 팀장을 맡아서인지, 도무지 알 수가 없었다. 자신도 모르던 또 다른 자아가 머릿속에 침투한 느낌이었다. 답답한 표정의 민혁에게 무기를 만지작거리던 한소라가 말을 걸어왔다.

"외계인도 아니고 사람을 데려오는 건데 이런 무기를 사용하면 범죄 아니야?"

너무 순수한 한소라의 질문에 우주선이 잠시 조용해졌다. 박상은 처음으로 웃음을 터뜨렸다. 비웃는 게 아니라 너무나 말도 안 되는 말을 듣고 나온 일종의 생리적 반응이었다. 박상은 플라스마 대거를 집어들더니 한소라의 앞으로 다가왔다. 상당히 위협적인 걸음이었지만 한소라도 자신이 헛소리를 한 게 아니라는 듯 최대한 발 끝에 힘을 주고 당당히 버텼다.

"들어봐."

박상은 한소라의 손바닥 위에 무기를 올려두고 조용히 응시했다. 무슨 의도인지 알겠다는 듯 민혁은 말리지 않고 지켜보고만 있었다. 인상을 찡그린 한소라는 화가 났는지 땅에 무기를 떨구고 성을 냈다.

"뭐 하는 거야!"

"만약에 나가 교류자면 어째 데려갈 거여?"

"뭔 말인지는 알겠는데, 우리가 강제로 여기 있는 것처럼 어쩔 수 없는 거 아니냐고 설득해볼 수도 있는 거잖아. 그게 안 되면 그냥 적당히 힘만 쓰면 되는 거고!"

박상은 한소라의 팔을 잡고 고통스럽지 않을 정도의 힘만을 사용해 제압했다. 평소라면 당장 신고를 당했을 모습이지만, 지금은 인간세계의 법 따위를 신경 쓸 시점이 아니었다. 앞으로 위험한 상황이 벌어졌을 때를 대비해 한소라 스스로 마음을 다잡게 만들 필요가 있었다. 박상은 한소라의 기억 속에 지금의 상황을 각인시키기로 정한 듯 그 어느 때보다 매서운 얼굴을 하고 있었다. 그 마음을 아는지 불의를 못 참는 안세인조차 고개를 돌리고 있었다.

"이거 놔!"

"적당한 힘은 누가 쓰는디? 누굴 호구 취급하는 건진 모르겠지만, 난 말이여 남의 일까지 떠맡고 싶지 않거든. 상황 파악 못 하는 것 같아서 말하는디. 이건 스포츠가 아니여. 아무도 페어플레이할 생각 없어."

말을 끝낸 박상은 팔을 놓더니 땅에 떨어진 대거를 들어 진열장에 걸었다. 그러곤 아직 말이 안 끝났는지 얼굴이 잔뜩 붉어진 한소라에게 설교를 이어 갔다.

"우덜이 누굴 데리고 와야 하는진 아무도 모르는 거여. 상대가 깡패 두목이면 맨손으로 제압할 자신 있어? 범죄 어쩌고 하는데, 우린 이미 범죄자여. 부역자라니께. 마음 단단히 먹고 움직여."

예상치 못한 인물에게서 정리가 필요한 주제가 나왔다. 확실히 여기 있는 다섯 명은 일상으로 돌아간다면 고개를 들기 힘든 처지였다. 외계인과 대화할 수 있는 특권을 얻고, 그들의 힘을 공유받게 되어 당장에 뭐라도 된 것 같지만, 그래 봤자 지구인들의 정의에 반하는 중범죄자들이었다. 외계인에 대항할 힘이 없으니 어쩔 수 없었다고 변명할 자신도 없었다. 여긴 대한민국이었으니까. 살갗이 찢어져 죽는 극한의 상황에서도 나라를 지키려 했던 장군들과 열사들이 살았던 땅이었다. 이런 내용은 팀장으로서 민혁이 직접 설명해야 했지만 정확한 포인트를 짚어서 말하기 힘든 내용이었다. 민혁은 자신을 대신해 박상이 발언해준 것에 대해 감사를 표하는 마음으로 무거운 분위기를 깼다.

"너희 언제 친해졌냐?"

"그러게. 말수도 적더니."

민혁은 지금까지와는 다른 표정으로 박상의 어깨에 손을 올렸다. 임창국도 민혁을 돕고 싶었는지 한소라의 팔을 향해 의미 없이 치료 총을 쏴댔다. 그들의 태도가 짜증 나는 듯 박상은 팔을 치워버리고 테이블 의자에 털썩 앉아 고개를 돌렸다.

"팀장!"

민혁이 장비를 정리하려 하던 중, 테이블 위에 홀로그램이 생성되며 김지민의 얼굴이 나타났다. 조금은 밝아진 분위기가 사라지고 팀원들의 얼굴이 한순간에 굳어버렸다.

"잘 잤어? 대충 보니까 설명은 잘 끝낸 것 같네. 그럼 슬슬….'

"잠깐, 더 말하기 전에."

"또 뭐."

"밥 안 줘?"

모두가 넋 나간 표정으로 진지한 민혁을 바라봤다. 병장을 만기로 전역한 민혁이 예비군을 마칠 때까지 가장 중요하게 여긴 것이 식사 시간이었다. 음식 수준이 극도로 형편없긴 했지만 억울하게 끌려와 밥도 제때 못 먹는다고 생각하면 울화가 터졌다. 지금 상황이 군시절과 별반 다를 게 없다고 느꼈는지 민혁은 본능적으로 밥을 외쳤다. 옆에 있던 임창국은 리더의 적극적인 요구에 존경심이 생겨 초롱초롱한 눈이 됐다. 사실 모두 공복 상태였지만 말을 못 하고 있었을 뿐이었다.

"맞네. 너흰 지구 시간으로 하루에 세 끼를 먹는다며? 진짜 인간이란 종족은 효율이 최악이구나."

"워매, 니들은 좀 다르냐?"

"우린 너희 기준으로 한 달에 한 번 영양분을 보충해. 잠도 한 달에 한 번 자고. 수명은 몇 배나 많지."

"진짜 피곤하게 사는 갑네."

"인간처럼 쓸모없진 않아서 말이야. 아니 인생의
반 이상을 먹고 자고 싸는 데 사용하는 게 말이 돼?"

의도치 않은 잡담을 나누다 보니 문이 열리고 음
식 카트가 들어왔다. 못 먹는 음식이 오면 어쩌나 걱
정됐지만 지상에서 먹던 친숙한 식재료들이 보이자
너나 할 것 없이 닥치는 대로 먹어 치웠다. 민혁은 팀
원들을 흐뭇하게 지켜보다 그들과 거리를 두고 있는
안세인이 눈에 들었다. 분명 다른 팀원들과 다를 것
없는 입장이었지만, 군인이었다는 죄책감이 스스로
를 짓누르는 것 같았다. 허심탄회하게 대화를 나누고
싶은 마음이 들었음에도 그 방법이 떠오르지 않아
난감한 그였다. 시간이 아까웠는지 어느새 직접 방으
로 들어온 김지민은 그들이 식사하든 말든 꼭 알려
줘야 할 것들을 늘어놓기 시작했다.

"다들 궁금하지? 교류자들은 어떤 사람인지, 섭외
이후엔 어떤 조치가 취해지는지."

"밥 먹을 땐 개도 안 건드린다는디."

"쟤네 눈엔 우리가 개보다 못한가 보지."

김지민에게 겁먹은 게 언제냐는 듯 팀원들이 소심

하게 투덜댔다. 아무래도 자신들이 반드시 필요한 존재라는 걸 알려준 민혁의 연설이 와닿았던 모양이었다.

"외계인이 말을 하면 좀 들어."

김지민은 집중하라는 듯 한쪽 눈썹을 치켜올리더니 마저 설명을 이어갔다. 본론만 정리하면 교류자들은 인간들에게 별 필요가 없는 범죄자 위주로 선발이 되고, 공정성을 위해 아조아인과 지구인이 합의하에 결정한다는 것이었다. 교류자 선발 기준은 민혁의 예상과 매우 달랐다. 문화 교류라는 콘셉트에 맞게 예술인을 데려간다든지, 문명 수준을 자세히 측정하기 위해 과학자를 데려갈 줄 알았는데 범죄자라니. 지구인들도 납득 가능한 수준이었고 시민들의 반발도 크지 않을 것 같았다.

"생각보다 합리적이네."

"그럼. 아조아인들이 우월한 이유인걸. 우린 사적인 감정 같은 건 안 키워. 수치로 말하면 지구인의 십분의 일 정도의 감정을 갖고 있달까."

"내 머리 뿐질러버린 놈이 말하니께 잘도 믿기넹. 화내고 소리 지르고 그런 사람이 없다고?"

"있긴 있지. 근데 걔넨 아조아인 취급을 못 받아. '토커'라는 열등 계급이지."

"합리적이라면서 계급구조는 있나 봐."

"너희들 진짜 이해력이 달리는구나. 감정이 앞서면 될 것도 안 되는 게 우주의 정치야. 쓸모없는 것들을 노예로 부리는 게 왜 안 돼?"

평소 식사 속도가 빠른 편인 민혁이 먼저 식판을 내려놓고 김지민을 빤히 응시했다. 그 시선을 눈치챘는지, 김지민은 민혁 앞에 쪼그려 앉아 미소 지으며 물었다.

"팀장님은 뭐가 또 궁금하실까."

"섭외팀은 무슨 기준으로 뽑힌 거지?"

"랜덤으로."

아쉬운 표정은 짓지 않았다. 의도가 있든 없든 전혀 말해줄 것 같지 않았으니까. 민혁은 빠르게 다음 질문으로 넘어갔다.

"첫 업무는 언제인데?"

"좋은 질문이야! 저길 봐."

김지민의 손톱 끝을 따라 고개를 돌리자 테이블 위 모니터에 시간이 표시됐다. 지금 시간은 오전 7시

50분이었다.

"오전 9시부터 오후 6시까지 계속 출동 대기하고 있으면 돼."

"여까지 와서 나인 투 식스여?"

민혁은 문화 교류가 필요 없을 것 같다고 생각했다. 적어도 한국 시스템은 훤히 아는 것 같았으니까. 다들 식사를 끝냈는지 트레이에 식판을 올려두고 소파에 앉았다. 그러자 또 다른 카트가 들어오더니 한눈에 봐도 값비싸 보이는 디저트들이 나오기 시작했다.

"이거 먹어도 되나?"

"먼저 먹어봐. 뒤지나 보게."

박상의 등짝을 세게 친 한소라는 식용 금으로 치장된 초콜릿을 먹더니 일자 눈이 되었다. 박상도 기미 상궁이 무사한지 확인하고는 크림빵을 입에 욱여넣었다. 차분히 감상하던 민혁은 나머지 팀원들에게로 시선을 돌렸다. 임창국은 역시나 디저트보다 달콤한 플라스마 라이플을 옷으로 닦고 있었고 저 멀리 안세인은 슈트를 지켜보고 있었다.

마음과는 달리 손가락만 꼼지락 거리며 참아냈다.

동료들이 살해당하던 모습을 아직도 잊지 못한 연유였다. 두 눈이 멀 것 같은 광렬한 섬광. 따스했던 감각과는 달리 동료들의 뼈와 살을 순식간에 분리시킨 냉혹한 외계 기술을 자신의 손에 받아들여도 되는지 망설여졌다.

"세인."

9시까지는 여유가 있다고 생각한 민혁은 이를 기회로 생각하고 대화를 청했다. 군인이라면 분명 섭외팀에 큰 도움이 될 인재였다. 팀장으로서의 능력을 발휘하려면 안세인의 도움이 절실했으니 이대로 놔두는 것은 자신에게도 큰 손해였다.

"아까부터 뭘 그리 보는지 궁금해서."

"그냥 이것저것."

역시나 안세인은 쉽게 대화를 나눠주지 않았다. 이대로는 아무 발전이 없을 것 같아. 약간의 선을 넘기로 했다.

"안 하사!"

"하사, 안세인!"

민혁의 짧은 예상이 들어맞는 순간이었다. 역시나 안세인을 군인 모드로 대하자 습관적으로 각이 잡혔다. 분명 군인에 대한 자부심이 아직 남아 있는 것이다. 하지만 큰 자부심만큼이나 그 책임을 다하지 못한 스스로가 더욱 미워졌을 터다. 악으로 깡으로 행정고시를 노리다 실패한 민혁의 모습과 조금은 닮은 것 같았다. 안세인은 극명한 반응 차이가 스스로도 민망했는지 눈을 마주치지 못하고 주먹을 쥐락펴락했다.

"멍청아, 나 중사거든."

"일에만 집중해."

"무슨 말인지 모르겠네."

"너만 도망친 것처럼 구는 것 같아서 말이야. 여기 있는 우리도, 땅에 있는 사람들도 모두 똑같아."

민혁의 착각일 수도 있겠지만 안세인의 눈이 잠깐 흔들리는 것처럼 보였다. 얼마나 곪아 있었는지 짧은 대화만으로 약간의 위로가 된 듯했다. 대개의 인간은 책임질 사람을 찾는다. 자신이 편해지기 위해서 욕을 받아낼 인물을 찾는다. 그 치졸한 본능에 봉합할 수 없는 상처가 새겨진 여린 청년이 지금 바로 앞에 있었다.

"그리고 밖에 나가면 내가 네 부하잖아. 넌 중사,

난 병장. 편하게 좀 있어라."

민혁의 너스레에 안세인이 옅은 웃음을 터뜨렸다. 그 진귀한 광경을 소파에 앉은 삼 남매도 열심히 구경하고 있었다. 각자의 손에 빵과 초콜릿, 플라스마 라이플을 들고 영화관 팝콘처럼 씹어먹으면서.

"영화를 찍어, 영화를."

"왜 그래 그림 좋은데. 우리 팀장님 열일 하잖아."

"아 빨리 써보고 싶다…."

★

8시 59분. 출동 시간이 다가왔음을 알리듯 조명이 붉어져 갔고, 강화 슈트에서 나오는 호흡기의 불규칙한 소리들은 섭외팀이 얼마나 긴장 상태에 있는지 알게 했다.

"팀장, 이거 숨이 잘 안 쉬어지는 것 같아."

"빨리 착용하고 싶어하더만 별로여?"

"아니 진짜 이상해."

"나랑 바꿔서 쓸래?"

"아냐 괜찮아진 것 같아."

정신없이 돌아가는 조명들과 급박한 사이렌 소리

가 9시 정각을 알렸다. 때가 왔다. 테이블 디스플레이에서 팀원들이 기다리던 정보가 표시됐다.

"우리가 뭔 경찰이여?"

흔치 않게 박상의 딴지에 모두가 공감했다. 첫 섭외 대상의 이름은 김우성. 뉴스에서 많이 들어본 국내 최대의 마약왕이었다. 전국의 경찰들이 끈질기게 추적했지만 행방조차 찾을 수 없을 정도로 치밀한 범죄자였다. 깡패 두목을 데려와야 할지도 모른다던 박상도 이 정도까지 생각해본 적은 없었다. 모니터에 뜬 마약사범을 보며 안세인은 조용히 이를 갈았다. 자신의 부대에서 마약이 돌았던 적이 있었는데 수사결과 유통업자가 김우성이었다. 친했던 동기와 병사들이 한순간 마약에 휘둘려 정상적인 삶을 지속하지 못하게 됐다. 민혁은 귀에 있는 송수신기를 조작해 팀원들이 김지민과 음성 대화를 할 수 있도록 연결했다.

"첫 출동이네. 화면에 있는 좌표는 슈트 왼팔에 공유됐으니까 확인하면 돼."

팀원들은 왼팔을 들어 올려 디스플레이를 확인했다. 3D 홀로그램 맵에서 김우성의 위치가 선명하게 보였다. 인천 연수구에 위치한 인천신항 외곽이었다.

"참, 내가 보상 이야기를 안 했더라?"

"보상?"

"너네 나라 돈으로 매달 10억 정도가 가족들한테 지급될 거야."

금액을 듣자마자 민혁의 눈에 한 사람이 그려졌다. 바보 같은 남편조차 내치지 않고 평생을 가족만 바라보며 헌신한 사람. 취업을 했던 이유도 어머니에게 보답하기 위함이었다. 매달 10억. 그 무시무시한 값어치를 들으니 조금은 안심이 됐다. 이젠 고깃집을 그만두고 자유롭고 행복하게, 남부럽지 않은 삶을 살기를 바랄 뿐이었다. 박상은 액수를 듣고 몸을 풀기 시작했다. 앞으로 다시 만나지 못할지언정 동생의 여생을 책임질 수 있게 됐다는 생각이 들자 의욕이 샘솟았다. 임창국은 아예 얼어버렸다. 사업을 하면서도 평생 벌지 못할 금액이었으니 그의 명예욕이 충족되다 못해 터져버렸다. 단 한 사람, 안세인만은 탐탁지 않아 하는 얼굴이었다. 안세인은 저들이 얼마나 잔혹한지 알고 있었다. 김지민의 말을 떠올려보면 현재 지구엔 엄청난 수의 교류함이 떠 있을 것이다. 함선 하나당 다섯 명의 섭외팀이 배정됐다 치면 아무리 외계인이 전 세계의 부호들을 협박하더라도 확보하기 어려운 금액이었다. 그렇다면 어째서 저런 금액을 내건 걸까. 안세인이 외계인의 저의를 의심하며 머리를 굴리고 있을 때, 한소라가 차분하게 말했다.

"나는 가족이 없어."

헛기침과 함께 민혁과 박상이 고개를 돌렸다. 특히나 가족을 아끼던 두 사람이었기에 한소라의 말이 더욱 아프게 느껴졌지만 다행스럽게도 한소라는 신경 쓰지 않는 눈치였다. 치직 소리와 함께 김지민이 다시 음성을 전해왔다.

"방금 문의해봤는데 가장 친한 사람한테 간다네?"

"친한 사람이 누군지 알고."

"어디 보자, 너는… 박용균?"

한소라는 경악하며 입을 쩍 벌렸다. 용균은 중학교 때부터 평생을 짝사랑했던 동창이자 누구보다 절친한 친구였다. 다른 사람에게 말한 적이 없는데 어떻게 알아낸 건지, 소름 돋는 외계인의 정보력에 공포감이 밀려왔다. 한소라는 티를 내지 않기 위해서 빠르게 다음 질문으로 넘어갔다.

"근데 입금했는지 우리가 어떻게 믿어?"

그때 박상이 한소라의 등을 툭툭 치더니 테이블에 있는 화면을 가리켰다.

그 앞에선 민혁과 임창국, 안세인이 또다시 넋 나간 표정으로 영상을 보고 있었다.

의아한 마음으로 팀원들에게 다가간 한소라는 화면에서 보여주는 영상의 정체를 확인하곤 급기야 눈시울이 붉어졌다. 팀원들의 가족, 지인들이 국정원으로 보이는 요원들에게 통장을 받고 있는 장면이었다. 10억이 입금된 통장을 받은 사람의 반응은 대부분 비슷했다. 가족을 내놓으라며 요원들과 한바탕하려고 하거나, 자신의 가슴을 퍽퍽 쳐대며 주저앉아 펑펑 울어대는 모습이었다. 요원의 멱살을 잡고 울부짖는 어머니의 모습을 본 민혁이 인상을 가득구겼다. 조금이라도 얼굴 근육에 힘을 풀면 팀원들앞에서 눈물을 쏟아낼 것 같았기에 몰래 혀까지 씹으면서 참았다. 곧 가족들의 모습이 사라지고, 마약왕 김우성에 관한 정보로 돌아왔다. 김지민은 재밌다는 듯 가벼운 어투로 말했다.

"의욕이 좀 생겼으려나."

"다신 못 보는 거지? 그 사람들."

민혁이 팀원들을 대표해 물었다. 진심으로 확인하려는 느낌보다는 안 된다면 되게 만들어달라 간청하려는 의도에 가까웠다.

"흐음 그래도 우리 함선 식구가 됐으니까, 잘 챙겨 줘야겠지. 노력해보겠지만 장담은 못 해."

사람은 희망 속에 산다. 지금 섭외 팀원들에겐 들을 수 있는 최고의 답변이 돌아왔다. 각자 몸을 풀며 일렬로 섰다. 김지민에게 출근 준비가 끝났다는 것을 알리기 위해서였다.

"잘 다녀와."

"근데 어디로 나가야 되는 그으어아악!"

바닥이 꺼졌다. 우주선에서 내려갈 방법은 매뉴얼에도 적혀 있지 않아 헬기로 이동시켜주는 줄 알았다. 그러나 우주선 바닥이 사라진 상황은 너무나도 예상 밖이라 따질 틈도 없이 비명밖에 지르지 못했다. 민혁은 '아파트 20층은 얼어 죽을!'이라는 말만을 속으로 외쳐댔다.

"저 망할 외계인 시끼! 우릴 죽일 셈이여!"

"토 나올 것 같아! 어쩐지 많이 먹인다 했다!"

"다들 정신 차리고 좌표 봐! 팔다리 벌리고 해당 위치에서 착륙해야 돼!"

"그런 거 안 알려줬잖네!"

"나도 못 배웠어! 북한으로 떨어지고 싶지 않으면 어떻게든 해! 날다람쥐처럼!"

지상에선 몇몇 사람들이 그들의 모습을 보고는 양손을 맞대어 소원을 빌었다.

너무나 아름다운 한낮의 별똥별들이었다.

★

"두고 보자 김지민⋯."

바닥에 대자로 누운 민혁이 하늘에 있는 우주선을 보고 눈을 부라렸다. 나머지 팀원들은 헤드 디스플레이를 벗고 연신 구토를 해대고 있었다. 땅으로 곤두박질치기 전, 엄청난 양의 압축공기가 방출되더니 무사히 착륙할 수 있었다. 이런 중요한 기능이 매뉴얼에 빠져 있다면 그 수는 한두 가지가 아닐 것이다.

"매뉴얼에 아파트 20층이라는 말은 왜 써둔 건지 도무지 이해할 수가 없네."

그나마 희망적인 소식은 섭외팀 전원이 왼팔에 표시되고 있는 인천의 좌표와 엇비슷하게 떨어졌다는 점이었다. 민혁은 김우성의 위치를 확인하고 선두에 섰다.

"가자. 약쟁이 잡으러."

고개를 끄덕인 팀원들이 다리에 힘을 주고는, 먼저 달려 나간 민혁과 거리를 유지하기 위해 힘차게 나아갔다. 민혁은 달리던 와중에 슈트 다리 부위를 체크했다. 어떤 기술력인지 몰라도 단순히 신체를 보호하는 능력뿐만 아니라 인간이 낼 수 없는 속력을 가져다주었다. 문득 한소라의 첫 질문이 떠올랐다.

'정말 무기까지는 필요 없을 것 같은데.'

팀원들의 호흡기에서 뜨거운 숨이 뿜어져 나온 지 몇 분 뒤, 드디어 서해 바다가 눈에 들어왔다. 인천신항의 깔끔한 일자형 구조와 새것 같은 테트라포드가 인상적이었다.

"놀러 왔으면 좋았을 텐데."

"근데 영화 같은 거 보면 체포 같은 건 밤에 조용히 하지 않아?"

"영화는 영화일 뿐인 거여. 돈 빌리고 튀는 것들

도 대부분 낮에 잡혀."

"아, 상이는 금융 쪽 다녔지."

순수하게 받아들인 팀원들과 달리 민혁은 박상이 무슨 일을 하는지 단번에 알아챘다. 건장한 체구와 가끔 소매사이로 보이는 작은 흉터들, 그 유명한 부평 일수꾼이었다. 돈을 빌려주고 회수하는 업무가 금융과 관련이 없는 건 아니었지만 아무리 그래도 이건 너무 포장됐다. 항구 끝에 있는 등대에 다다른 팀원들이 좌표를 보고는 주변을 두리번거렸다.

"이 근처인디 안 보이는구만."

"이거, 나만 느낌 싸해?"

임창국이 엄지로 한 경고판을 가리키며 팀원들을 불렀다.

'인천신항 내 스쿠버 다이빙 절대 엄금'.

내용을 읽어본 팀원들의 표정이 싸늘하게 변했다. 전혀 어울리지 않는 디자인으로 뜬금없는 장소에 경고판이 세워져 있다는 건, 누군가 실제로 여기서 다이빙을 했다는 의미다.

"나도 좀 그렇네."

"확실히 좌표상으로는…."

민혁은 아래에 있는 테트라포드를 내려다봤다. 규칙적으로 쌓여 있는 테트라포드 사이, 단 한 곳이 비어 있었다. 민혁은 그 앞으로 자리를 옮긴 뒤 뒤에서 쭈뼛대는 팀원들에게 웃어 보였다.

"한 명씩 입수."

민혁이 팀장답게 가장 먼저 바다에 뛰어들었다. 팀원들은 민혁이 무사한지 확인하려 했지만 아무런 반응이 없자 뒷걸음질 쳤다.

"죽었나 봐!"

"좋은 팀장이었어."

"다음 팀장은 언놈이 할 거여?"

아쉽게도 팀원들의 예상과는 달리 민혁이 부력을 이용해 수면 위로 올라왔다.

"김지민 이 자식 진짜."

혈압이 오르는 듯 얼굴이 붉어진 민혁이 짧은 욕을 내뱉었다. 입수 직후 무게로 인해 깊게 가라앉았었는데, 귀가 찢어질 듯 아팠다. 고통 가득한 신음을 내며 발버둥 치니 김지민이 음성을 보내왔다.

"흥! 해."

"뭐?!"

"코 잡고 흥!"

빠르게 슈트 안면 부위를 더듬으니 이상하게도 코부분만 부드러웠다. 민혁이 집게 손으로 코를 잡고 지시에 따르니 귀에서 바람 빠지는 소리가 나며 고통에서 해방됐다.

"왼쪽 가슴에 버튼 두 개 있지? 위쪽 누르면 상승하고, 아래 누르면 하강해."

"그걸 왜 지금 말해!"

김지민에게 성을 냈지만, 이미 음성교신은 끊어진 뒤였다. 수면에 올라오자마자 욕지거리를 내뱉은 이유였다. 민혁은 자신이 알게 된 정보를 공유하고 팀원들을 한 명씩 입수시켰다.

"이건 만능 슈트야. 완벽해!"

임창국은 슈트가 더욱 마음에 들었는지 몸을 살살 쓰다듬었다. 그 모습이 나르시시즘에 빠진 사람처럼 보였는지 무뚝뚝한 성격이던 박상이 침을 뿜으며 웃었다. 민혁은 마지막 입수자를 바라봤다. 수영선수 한소라였다.

"뛰어!"

"잠깐만!"

한소라가 용변 급한 사람처럼 다리를 떨고 있었다. 수영선수가 물을 무서워하다니, 싸한 분위기를 느낀 민혁은 한숨을 쉬며 나지막이 물었다.

"너 수영선수 아니지?"

한소라가 고개를 끄덕였다. 한소라의 반응에 다른 팀원들도 적지 않게 놀란 눈치였다.

"닮았다는 말 많이 들었고 이름도 같아서… 미안."

"그럼 뭐하는디?"

"카페 알바…."

민혁의 머리가 저렸다. 박상부터 한소라까지 처음 소개한 것과 너무나 다르자, 민혁은 작전 수행을 위해서라도 확인할 필요가 있다고 판단했다. 한소라가 쏘아 올린 불똥은 그의 옆에 있던 임창국에게 들러붙었다.

"첨단 기계 뭐 팔아?"

"중고차?"

'왜 물음표를 붙여.'

처음 팀원들의 이력을 듣고 위축됐던 과거를 떠올리니 얼굴이 붉어졌다. 민혁은 마지막 팀원에게도 질문하려 했지만 안세인이 먼저 팔을 휘휘 내저었다.

"얘네랑 엮지 말아줘."

그래도 군인 한 명은 그대로 있으니 다행이었다. 민혁은 안세인에게 꼭 필요한 부탁을 했다. 무슨 말인지 알았다는 듯 안세인은 테트라포드를 뛰어넘고는 한소라의 몸을 껴안아 함께 입수했다. 비명 소리가 크게 들렸지만 별수 없었다.

★

임창국의 촉이 들어맞았다. 수심 10미터 지점까지 내려가자 벽면에 작은 철문이 보였다. 어떻게 물속에서 이런 공간을 만들었는지 모르겠지만, 그동안 김우성이 왜 경찰 당국에 잡히지 않았는지 단번에 이해가 갔다. 민혁은 플라스마 대거를 꺼내 들고 철문의 손잡이를 제거한 다음 팀원들과 함께 입구로 들어섰다. 안쪽은 거대한 에어포켓이 생길 정도로 경사도가 높아 공기통 없이 호흡 가능한 내부구조였다. 물기로 인해 찰박이는 소리가 나자 멀리 동굴 안쪽에서 사람들이 웅성거렸다.

"총 꺼내."

민혁의 말에 모두 등에 부착된 총을 꺼내 들고,

안전표시가 마이너스에 가 있는지 확인했다. 숨을 죽이고 내부로 들어가자 또 다른 철문이 나왔다. 민혁이 고개를 흔들자 이를 본 박상이 발로 문을 차버렸다. 거의 부쉈다는 표현이 알맞을 정도로 찌그러진 문틈으로 총알이 빗발쳤다. 너무나 위험한 상황이었지만 몸을 휘감고 있는 슈트가 총탄을 모두 튕겨냈다.

"쏴!"

섭외팀이 반격을 시작하자, 문 안쪽에 있던 괴한들이 짧은 신음을 내뱉으며 픽픽 쓰러졌다. 소리가 잦아들자 안으로 진입한 섭외팀이 괴한들의 얼굴을 확인하며 김우성을 찾아내려 했다.

하지만 쓰러진 사람 중에서 김우성을 찾을 순 없었다. 저 멀리 머리를 땅에 박고 벌벌 떨고 있었으니까.

"너 이 시끼 일로 와!"

한소라가 노한 얼굴로 김우성의 목덜미를 잡았다. 두려움에 떨며 오줌을 지리고 있는 모습이 딱하지도 않은지 한소라는 노발대발 소리를 지르며 머리에 딱밤을 날렸다.

"왜! 바닷속에! 기어들어 가지고! 날! 힘들게! 만들어!"

그 모습이 얼마나 잔혹해 보였으면 임창국이 입술을 오므리고 잔뜩 긴장할 정도였다. 민혁은 주변을 둘러보고 공기통과 결합된 호흡기를 발견했다. 김우성의 앞에 툭 던져놓으니 눈물을 흘리며 알아서 착용을 마쳤다. 민혁은 잊고 있던 매뉴얼 내용을 떠올렸다. 섭외를 할 때 육성으로 기록해야 하는 문장들이었다.

"김우성 씨, 당신을 우주평화법에 따른 문화 교류자로 지정합니다. 타 행성으로 이동한 뒤, 묵비권을 행사할 수 있지만 고문과 폭력을 당할 수 있고, 변호사를 선임할 수 있지만 통역은 스스로 하셔야 될 겁니다."

민혁의 말이 들리기는 하는 건지 김우성은 한소라에게 그만 때리라며 연신 고개를 흔들어대고 있었다.

★

우주선으로 돌아오는 길은 역시나 괴팍했다. 배꼽에 위치한 버튼을 누르니 낙하가 시작됐던 위치로 자석처럼 끌어 올려졌다. 중간에 한소라와 김우성이 입에 거품을 물긴 했지만, 결과적으론 모두 테이블 앞에 무사히 착석할 수 있었다. 김우성을 속박해두고 오늘 일을 돌이켜 보던 민혁이 고개를 갸웃했다. 약간의 시행착오를 겪긴 했지만 급조된 팀으로 새로운 일을 완벽하게 처리했다. 이렇게 유지만 된다면 리미다브를 만날 수 있는 기회를 만들어낼 여유도 있을 것 같았다.

"교류자는 섭외 팀장이 데리고 올라와."

명령이 떨어지자 민혁은 김우성의 팔을 잡고 옆쪽 통로로 향했다. 안내받은 적은 없었지만 김지민이 섭외팀 방에 오고 갈 때 이용하던 통로였기에 단번에 알 수 있었다. 흰색 바탕의 승강기에 타고 문을 닫으니 빠르게 귀가 먹먹해졌다. 10초 남짓의 시간이 흐르고 문이 열리자 함장 전용 제복을 입은 김지민이 거만한 자세로 의자에 앉아 있었다.

"저기로."

손끝으로 눈을 돌리니 두 가지 공간으로 나누어진 방이 보였다. 한 곳은 한 번도 보지 못한 전자기기가 의자를 감싸고 있는 흰 방, 다른 한 곳은 책상 위에 콘솔 기기가 놓인 검은 방이었다. 눈치가 빠른 민혁이 흰 방에 들어가 자신의 첫 교류자를 의자에 앉혔다. 그러자 김지민이 검은 방에서 유리 벽을 쳐 댔다.

"뭐해. 빨리 들어와."

"한 가지만 묻자. 교류자들은 어떤 대우를 받게 되지?"

"나랑 똑같은 대우."

검은 방, 책상 앞에 앉은 민혁의 질문에 김지민이 눈도 마주치지 않고 답을 건넸다. 아조아 행성은 새로운 종족을 받아들일 때 신분에 차별을 두지 않는다고 말했다. 단지 감정을 얼마나 조절할 수 있는지에 따라 취업이 자유로운 '리스너'와 신체 노동밖에 하지 못하는 '토커'로 나누어진다고 했다.

"감정의 수준을 어떻게 판단한다는 거야."

"시뮬레이터 실에 들여보내. 그리고 자신이 가장 사랑하는 사람을 보여주고 총으로 쏘게 만들지."

상상조차 못 한 경악스러운 방식에 이가 갈렸다. 자신이 아조아 행성에서 그 테스트를 받는다면 분명 테스트 상대는 단 한 사람이었다. 자신이 스스로의 의지로 엄마를 쏜다고 가정한 순간 테스트 방식을 제안한 인물을 찾아 찢어발기고 싶었다.

"리스너들은 별 고민 없이 그 사람을 쏴. 눈앞에 있는 사람이 실재하지 않는 데이터 쪼가리일 뿐이라는 걸 아니까. 하지만 토커들은 달라. 심장박동은 빨라지고 뇌에 전달되는 정보 신호가 마비되지."

김지민이 지루한 설명을 지속하는 동안 버튼을 앞에 두고 망설이던 민혁이 결론을 내렸다. 김우성이라 다행이었다. 소문난 마약 사범이었으니까. 수많은 사람을 피눈물 흘리게 만들고 자신만을 위해 돈을 버는 무감정한 사람이었으니 쉽게 리스너가 될 수 있을 것이었다. 민혁은 지구에서 필요 없는 인물이라고 결론을 내리며 과감하게 버튼을 눌렀다. 그 순간 김우성의 몸이 수천 개의 조각으로 갈라지더니 주변에 있던 기계 속으로 흩어져갔다. 행동의 당위성과는 별개로 죄책감이 몰려온 민혁은 고개를 들지 못하고 있었다.

"뭐해, 일 안 끝났어."

김지민의 단호한 말에 고개를 들자 상상도 못 한 일들이 펼쳐졌다. 김우성이 빨려 들어간 기계에서 수많은 조각이 방출되며 다시 의자 위로 모이고 있었다. 고장 난 자판기의 지폐처럼 들어갔다 다시 나와버린 김우성이 눈을 깜빡이며 자신의 두 손바닥을 확인했다.

"어떻게 된 거야?"

"걱정하지 마. 김우성은 아조아 행성으로 잘 전송됐으니까."

"그럼 저건 뭔데!"

민혁의 어깨를 툭툭 친 김지민은 흰 방으로 들어갔다.

"몸 상태는 어때?"

"괜찮습니다. 함장님."

김우성은 자리에서 벌떡 일어나더니 밖으로 향했다. 그러곤 하늘에서 떨어지기라도 하려는 듯 에어슈트를 착용하고 창문 밖을 응시했다. 김지민은 민혁의 표정이 나름 재밌었는지 그의 볼을 콕콕 찔러대며 반응을 살폈다. 민혁은 김지민이 무얼 하든 신경 쓰지 않고 창문 앞에 서 있는 남자를 응시하고 있었다.

"쟤 김우성 아니지."

"우리 팀장 이래서 마음에 들어! 눈치가 진짜 빠르

다니까?"

분명 김우성의 모습을 하고 있었지만 그의 눈은
멀리서 보기에도 동태눈깔처럼 탁했다. 무슨 생각을
하는지 알 수 없을 정도로 공허한 표정. 분명 인간이
아니었다.

"상으로 팀장한테만 알려줄게. 언젠가 업무에 필
요한 정보이기도 할 테니까. 지금 서 있는 애는 아조
아 행성의 군인이야."

"아조아인?"

"이런 생각해본 적 있을 거야. 교류자가 아조아 행
성으로 떠나면 원래 교류자가 있던 곳의 삶은 망가지
지 않을까? 가족이나 친구가 들고일어나서 폭동이
일어나지 않을까? 정답은 땡! 우주에선 이럴 때 반드
시 기존에 있던 존재를 대체해야 한다는 절대 규율
이 있어."

"모습을 바꾼다고 대체했다는 표현이 맞을까."

"당연히 내용물도 들어가 있지. 아까 전송된 김우
성의 기억을 쟤가 가지고 있어."

"날 놀려먹어도 적당히 해야지. 그게 가능할 리
없잖아."

"우주선에 타서 외계인이랑 대화하고 있는 넌 말이 되고?"

김지민은 생각을 해보라는 듯 민혁의 슈트 손목을 툭툭 치며 고개를 돌렸다.

"그게 왜 있는지 알 테니까. 더는 말 안 할게. 이제 내려가서 좀 쉬어."

손목에 달린 점멸등의 존재는 분명 교류자를 섭외할 때 주변인들의 기억을 잃게 만드는 장비였다. 새로운 사람을 대체할 게 아니라면 굳이 이런 방식을 사용할 이유도 없었다. 멀어져가는 김지민의 뒷모습을 보며 민혁은 머리를 움켜쥐었다. 그들이 보여주는 과학력은 저항 불가라는 것을 다시 한번 체감했다.

'나보고 저런 애들 대가리를 잡으라 한 거지….'

은막에서 태평한 자세로 펜대만 굴리고 있을 요원, 최단열을 떠올리니 지상에 내려가 한 대 쥐어박고 싶어졌다. 이제 어떻게 해야 하는 걸까. 심각하게 엉킨 민혁의 운명을 비웃듯, 창문 앞에 서 있던 가짜 김우성은 발을 내디뎌 인천 바다로 떨어졌다. 기절해 있을 그의 동료들 옆에서 깨어나기 위해.

3

　호수가 얼어버린 계절. 오늘도 우주선은 같은 곳에 떠 있었다. 지상에 있던 시민들도 나름 일상을 회복했고, 주요 국가들은 친아조아 정권을 만들어 평화를 유지했다. 인기 연예인들을 내세워 화려한 광고를 보여주던 타임스퀘어 거리는 외계인들의 유전적 우월성을 홍보하는 영상만이 상영되고 있었다.

　섭외 팀원들은 외계인을 두려워한 게 언제였냐는 듯, 김지민을 처음 조우했던 수영장 선베드에서 선글라스를 착용하고 칵테일을 마시고 있었다. 삶이 그렇듯 그들도 모든 것에 무뎌졌다. 외계인의 앞잡이

© LEE SU JUNG

노릇을 하며 생긴 죄책감도 이젠 외국계 기업을 다니는 평범한 직장인의 마음으로 변모했다. 누가 회사를 자신의 의지로 다닐까. 지금 일광욕을 즐기고 있는 이 청년들에겐 억지로 직장에 출근해 임원들의 지시를 받는 것과 외계인 밑에서 명령을 받는 게 매한가지로 느껴졌다. 그래도 군인이었던 안세인과 섭외 팀장 민혁만은 달랐다. 다른 이들은 몰라도 그들만은 목표를 잃으면 안 됐다. 각자 목적의 동기가 다르긴 했지만 리미다브를 암살하겠다는 의지만은 꺾이지 않았다. 그것마저 포기하는 순간 이 더러운 일상에서 영원히 벗어나지 못하는 것은 물론 삶을 영위할 이유마저 사라질 것 같았기 때문이었다.

"몇 시야?"

"10분 남았어."

"슈트 입자."

능숙한 솜씨로 슈트를 착용한 팀원들이 테이블에 모여 앉았다. 오늘이 몇 번째 임무인지는 모르겠지만 또 다른 문화 교류자를 만나기 위해서 모니터를 주시하고 있어야 했다. 그동안 다양한 교류자를 이계의 문명으로 섭외했다. 끊어진 인연이라 생각한 민혁의 입사 동기 김운채와, 그와 비밀스러운 관계를 맺고 있던 윤미애 과장, 민혁의 아버지가 세상을 떠난 뒤로 단물만 빼먹고 잠적한 친척들까지 과거보다 더 큰 죄를 짓고 교류자로 선정됐었다. 여전히 교류자를 아조아 행성으로 전송시키는 업무가 탐탁지 않았지만, 악연이었던 이들이 180도 달라진 모습으로 싹싹 빌고는 데이터 쪼가리로 분해되는 모습을 보고 있노라면 마음이 묘해졌다. 민혁은 이 일을 하면서 섭외 대상이 전부 악한 사람이라고 단정 짓게 된 이후에서부터야 비로소 업무를 버텨낼 수 있었다. 새로운 섭외까지 5분 남짓 남았을 때 함장 전용 이동문이 열렸다. 가식적인 표정의 김지민이 박수를 치며 다가왔다.

"모두 주목!"

"쟨 오늘도 발랄하네."

"발랄한 척이지. 감정이 없잖아."

"쟈가 점잖게 들어오면 그날이 지구멸망의 날인 거여."

민혁이 검지를 들어 팀원들을 조용히 시키자, 김지민이 한 명씩 하이파이브를 요청하며 돌아다녔다.

정말 맞장구치기 싫었지만 팀원들은 김지민의 입에서 중요한 말이 나올까 응해줄 수밖에 없었다.

"좋은 소식이야!"

"우리 집에 가는 거야?"

"그건 아니지만, 조금은 비슷해, 총통께서 너흴 보러 오신대!"

민혁의 눈이 반사적으로 치켜 떠졌다. 리미다브가 이 곳에 온다. 전혀 가능성이 없을 거라고 생각한 그 일이 실현된 것이다. 인류가 자유를 되찾을 유일한 기회가 생겼다. 민혁은 최대한 빨리 최단열과 만나 현재 상황을 알리고 계획을 짜야 했다. 어떻게 하면 그와 접촉할 수 있을지 떠올리려는 찰나, 김지민이 폭죽을 터뜨려 방해했다.

"너희가 섭외 최우수팀으로 뽑혔어, 전 세계 1등이라고!"

팀원들의 낯빛이 어두워졌다. 1등. 섭외팀 모두가 살면서 한 번도 이루어본 적 없는 업적이었으나 모두 고개를 숙일 수밖에 없었다. 부끄러웠다. 말이 좋아 문화 교류지 지구인을 팔아넘기는 행위를 누구보다 열심히 했다는 방증이나 다름없었다. 김지민은 그들의 반응이 이해가 안 됐는지 몇 번을 더 강조해서 말했지만 태도가 달라진 사람은 없었다. 박상은 더는 듣고 싶지 않아 말을 자르며 물었다.

"근디 고거랑 집에 가는 게 비슷하다니 뭔 상관이여."

"각자 총통님과 개인 면담을 가질 예정이거든. 그때 전역을 부탁해보면 혹시 모르잖아?"

"잠깐이라도 기대한 내가 바보지! 가능성 없는 얘기잖아."

"최우수팀이면 바짝 굴리고 싶어지겠지. 그건 지구인이나 아조아인이나 똑같을걸."

김지민은 슬슬 팀원들의 싱거운 반응에 답답해하며 목소리를 크게 높이고 양팔을 벌려 보였다.

"그러지 말고, 잘 들어봐. 총통을 뵙고 전역하는 게 안 되더라도 진짜 상은 따로 있어. 축하 파티가 열릴 거야!"

"…."

역시나 아무도 입을 열지 않자 풀이 죽은 김지민은 결국 주저 앉아버렸다. 한소라는 턱으로 빈 칵테일 잔들을 가리켰다.

"지금 우리도 파티 중이었던 거 안 보여?"

이제야 알겠다는 듯 손바닥 위에 주먹을 툭 올려 놓은 김지민이 미소 지었다.

"여긴 우주선이잖아. 땅에서 말이야. 서울에서 너희 가족이나 연인을 볼 수 있다고!"

섭외 팀원 모두가 한순간에 몽구스가 되어버렸다. 첫 업무를 보기 전 가족들을 볼 수 있냐는 민혁의 질문에 노력해보겠다고 말한 김지민의 답은 거짓이 아니었다. 밥을 앞에 두고 기다리는 개처럼 입이 벌어진 박상이 김지민의 어깨를 잡고 흔들어댔다.

"참말이지? 우덜이랑 약속한 거여!"

"그러니까 끝까지 잘해. 내일 오실 거란 말이야."

"내일…"

민혁은 온탕과 냉탕을 오가듯 입꼬리가 위아래로 움직였다. 드디어 어머니와 만날 수 있다는 기대와 하루 만에 최단열과 접촉해야 한다는 부담이 공존했다.

"아무튼 난 전달해줬으니까 올라가볼게. 화이팅!"

김지민이 영혼 없는 응원을 보내고 사라지자 팀원들은 모니터 앞에 서서 서로를 응시했다. 신병 위로 휴가를 가기 전날의 이등병처럼 결의에 찬 표정이 모든 걸 말해주고 있었다. 빠진 것은 없는지 장비들을 체크하던 팀원들에게 빛이 점등됐다. 가족을 만나기 전, 마지막 섭외자가 지명된 순간이었다. 화면을 본 한소라가 갑작스레 비명을 질렀다. 입을 막고 가장 앞에 선 이의 뒷모습을 확인했다.

"이거 고장 났네."

"팀장….'

"김지민! 좀 내려와 봐, 이거 에러 떴어. 엉뚱한 사람을 데려오라잖아."

"일단 진정하고."

"놔! 말이 되는 소리를 해야지. 왜? 우리 엄마가 대체 왜!"

민혁이 자신보다도 아끼는 유일한 사람, 어머니의 이름 박정은이 파티가 열리기 전 마지막 문화 교류자 명단에 올랐다. 박정은의 죄목은 행성반역죄. 함께 틀어진 영상엔 박정은이 소수의 사람을 이끌고 외계인을 규탄하는 시위를 벌이고 있었다. '아들을 돌려내라'는 문구가 적힌 팻말을 들고 한겨울에 땀을 흘릴 정도로 외쳐대는 박정은의 모습은 민혁의 심장을 깊숙이 쑤셔댔다. 팀원들도 당황한 것은 마찬가지였다. 긴 시간은 아니었지만 민혁의 어머니가 그에게 어떤 존재인지 충분히 알 수 있었다. 모두가 행복할 것 같았던 파티 전날 어째서 이런 일이 벌어진 것인지, 너무나도 가혹한 운명의 장난이었다. 그럼에도 이 세상은 그들이 상황을 정리하길 원치 않는 눈치였다. 우주선의 개폐를 알리는 경고음이 연신 들리더니 바닥을 열며 팀원들을 하강시켰다. 어느새 민혁의 뒤로 한소라가 따라붙었다.

"팀장, 우리 잠깐 대화 좀 하자!"

"뭐든 들어줄 테니까 지금 말해."

민혁의 눈을 본 한소라는 말문이 막혔다. 급한 상황을 감안하고도 어떤 말이라도 쉽게 내뱉기엔 너무나도 절박한 이채를 띠고 있었다. 민혁은 점점 커지는 땅을 향해서 추락했다. 지금 왼팔에서 울려 퍼지고 있는 신호가 어머니의 위치를 알리고 있었다. 내일, 그토록 바라던 파티를 즐겨야 하는 자들의 팔에도 똑같이 말이다. 빌어먹을 기계가 쉴 새 없이 새로운 좌표를 찍어대자 민혁은 팀원들의 내비게이션을 파괴할 수 있는지 궁리했다. 그때 팀원 전원이 민혁과 거리를 벌리며 강하하기 시작했다. 분명 민혁의 의도를 눈치채고 나서의 반응이었다.

"대화를 하자고? 이미 답은 정해놓은 거 같은데."

"아직 아무 짓도 안 했구먼. 까칠하게 구네."

"팀장이 괜한 생각이라도 할까 봐 피한 거뿐이야."

어떻게 저 말을 믿을 수 있을까. 민혁은 방향을 틀어 안세인을 확인했다. 외계인의 감시로 인해 속셈을 밝힐 수가 없지만 분명 군인으로서의 자부심을 잃지 않고 외계인에게 복수를 꾀하고 있는 느낌이었다. 그러니 지금의 상황에서 기대할 수 있는 마지막 동아줄이었다. 땅에 시선을 고정하고 있는 안세인의 모습을 보기 전까진.

"이것들이…."

입술이 바짝 말라갔다. 방법이 보이지가 않는다. 팀원들과 완력을 겨룬다고 생각해봤지만 절대적으로 무리였다. 초기였다면 모를까 지금은 그들도 민혁만큼 슈트를 완벽하게 다룰 수 있게 됐다. 쪽수에서부터 밀리는데 어머니의 안위를 두고 무모한 도전을 할 수는 없는 노릇이었다. 민혁은 서둘러 계획을 바꿨다. 양팔을 허리에 붙이고 발끝을 세우니 다른 팀원들보다 빠른 속도로 나아갔다.

"팀장, 위험해!"

"아무리 슈트를 입었다지만, 저러다 목 잘리는 거 아니야?"

"누가 좀 말려봐!"

죽음이 두렵지 않았다. 삶을 지탱해주던 존재를 잃는 날엔 앞으로 어떻게 살아갈지 가늠되지도 않았다. 외계인이 어머니의 탈을 쓰고 멀쩡히 돌아다닌다고 생각하니 내장이 뒤틀리는 느낌이들었다. 지금보다 더 빨리, 누구보다 먼저 땅에 착지해야 한다. 이 단순하고도 명확한 목표만을 떠올리며 내리꽂혔다. 몇 초나 지났을까, 땅에 발이 닿으며 흐르는 엄청난 진동을 감내하고 신음을 내질렀다. 슈트가 아니었다면 그의 하반신은 이미 뿔뿔이 흩어졌을 것이었다. 심호흡을 마친 민혁은 통신기기의 전원 버튼에 손을 가져다 댔다.

"부탁 하나만 하자. 따라오지 마."

"잠깐만 멈…."

혹여나 팀원들의 감언이설에 속을까 음성 연결을 끊어버리고서, 발목부터 어깨까지 모든 근육에 힘을 주며 질주했다. 나무들을 지나 호수를 건너자 송파에 있는 올림픽공원에서 시위를 하고 있는 어머니가 보였다. 국회의사당과 대통령실이 무너지고 난 뒤, 새로운 정부가 들어선 곳. 세계 평화의 문이었다. 입구를 중심으로 궁궐처럼 개조된 건물 앞에서 수십 명의 사람이 저마다 외계인을 규탄하는 팻말을 들고 구호를 외치고 있었다. 민혁의 마음이 급해졌다. 혹여 하늘에서 섭외 팀원들이 떨어질까 치켜봤지만 다행히 강하 중인 흔적이 없었다. 그들이 최소한 뒤에서 나타날 거라는 생각이 들고 나서야 한시름 놓게 됐다. 어머니를 만나 피신시킨 뒤, 후일을 도모하면 된다. 외계인들이 자신을 저지할 생각이었다면 이미 무시무시한 외계 무기로 살해당했을 것이다. 팀원들에게 먼저 강탈당하는 상황만 피할 수 있다면 우선 그것만으로 충분했다. 민혁의 발걸음이 서서히 느려졌다. 온갖 경우의 수를 따지느라 그보다 가장 중요한 것을 생각하지 못했다. 계절이 바뀌고서야 돌아온 아들. 주름살이 늘어남에도 씩씩하게 커가는 모습을 보여주며 행복을 안겨준 하나뿐인 아들. 슈트를 입은 민혁을 먼저 발견한 정은이 조심스럽게 한 발짝씩 다가오고 있었다.

"민혁아, 내가 지금 거실에서 낮잠 자고 있는 거 아니지?"

"……."

헤드 디스플레이를 걷어내버린 민혁의 입이 바들 바들 떨렸다. 금방이라도 울음이 터져 나올 것 같았 지만 참아냈다. 민혁이 후회하는 과거 중, 신병 위로 휴가를 나왔을 때가 스쳐 지나갔다. 왜 이렇게 말라 서 왔냐며 포옹해주던 어머니 앞에서 연신 엄마를 외치며 울음을 쏟아냈다. 무슨 일이 있었는지, 누가 괴롭히고 어떤 사람이 잘해줬는지 모든 걸 토해냈 다. 민혁은 그 벌로 며칠 동안 집 앞에서 몰래 흐느 끼고 있는 어머니의 뒷모습을 봐야 했다. 누구보다 의지할 수 있는 게 가족이었지만 그게 아픔까지 줘 도 된다는 뜻은 아니었다. 아끼면 아낄수록 쉽게 다 치는 게 사람이니까. 그러니, 지금은 울어선 안 됐다. 여기서 눈물을 쏟아내는 순간 팀원들이 왔는지도 모르고 바닥에 주저앉아 어리광을 피울 것 같았다. 섭외 팀장으로 일하며 성장했다고 착각했다. 그저 완장의 무게를 느끼며 괜찮은 척했을 뿐이었다. 발 가락까지 힘을 주며 버티던 민혁에게 예상치 못한

변수가 찾아왔다. 철의 여인이라 불리던 박정은 여사가 민혁의 머리를 부여잡고 통곡을 하기 시작한 것이다. 한눈에 봐도 정상적이지 않은 호흡을 하고 있었지만 하고 싶은 말은 꼭 해야 했는지 숨을 껄떡거리며 목소리를 내었다.

"고생 많았지. 조금만 기다려. 금방 나오게 해줄게 엄마가. 어떻게든 그만두게 해줄게."

더는 참지 못한 민혁이 고개를 내젓고 호통을 쳤다. 가식적인 화라도 내야 감정을 숨기고 이성을 유지할 수 있었다. 민혁은 팻말을 부숴버리며 따졌다.

"이딴 게 통할 것 같아? 바보같이 뭐 하는 거야!"

"안 하면! 이딴 거라도 안 하면, 우리 아들 어떻게 데려오라고!"

"내가 보낸 돈으로 떵떵거리고나 살지. 시위를 왜 해, 시위를! 엄만 천지분간이 안 돼?!"

"니가 자식 낳아봐. 금지옥엽 키운 내 새끼가 피눈물 흘리면서 번 돈으로 살아갈 수 있는지!"

"일단 가자. 여기서 벗어나야 돼."

"민혁아, 엄마가 할 얘기가 있어."

"얘기는 이따가 좀 하고!"

"중요한 얘기야."

"시간 없으니까 빨리!"

다급한 마음에 안절부절못하던 민혁이 멈춰 섰다. 어느새 마음을 다잡고 진중한 얼굴이 된 어머니에게서 무슨 얘기가 나올지 겁났다. 입이 잘 떨어지지 않는지 어머니는 민혁의 잔머리를 쓸어주며 시간을 끌다 힘겹게 입을 열었다.

"엄만 괜찮아."

"뭐?"

"괜찮으니까 엄마는 신경 쓰지 마. 민혁아."

"무슨 말을 하는 거야…."

"내 몸으로 낳은 자식이야. 너한테 비밀이 있겠니? 엄만 다 알아."

"장난치지 말고."

"내가 교류자가 된 거지?"

어깨에 힘이 빠졌다. 당당한 모습으로 서 있고 싶은 욕심 덕분에 그나마 발목에 힘을 주며 서 있을 수 있었다. 다른 이었으면 어떻게 알았는지 놀랐겠지만 상대는 대한민국에서 자신이 가장 잘 아는 어머니, 박정은이었다. 외계인한테 끌려간 아들이 어떤 일을 하는지 수단과 방법을 가리지 않고 알아냈을 것이다. 민혁은 어머니를 강제로 피신시킬까 생각했지만 그 행동이 또 어떤 상처를 만들어 어머니를 곪게 할지 가늠이 되지 않았다.

"신경 쓰지 말고 할 일 해. 엄마도 할 일을 할게."

"그런 거 아니야…."

"이런 희한한 옷 입고 거짓말은 잘해요."

"도망가자."

"엄마가 하나 깨달은 게 있어. 싸워야 할 때 도망치면 그때부턴 껍데기만 남아서 사는 거야. 양복 입은 덩치들이 집에 찾아온 날, 널 보내고 어떤 마음으로 버텼는지 알겠니? 기억해 민혁아. 언제나 싸워볼 기회는 한 번뿐이야. 엄만 이번 기회는 놓치지 않을래."

"무슨 말이야 대체!"

민혁의 절규를 감추듯 하늘에서 그림자가 지더니 굉음이 내리꽂혔다. 주변에서 모자의 상봉을 지켜보던 시위자들이 괴성을 지르며 도망칠 정도로 강한 충격이었다. 곧 바닥에서 일어난 분진이 사그라들고 느닷없이 나타난 그림자의 정체가 드러났다. 적

어도 열댓 명은 되어 보이는 괴한들이 흰색과 검은
색으로 조합된 위장패턴 슈트를 입고 우두커니 서
있었다. 자연스럽게 플라스마 라이플을 꺼내든 민혁
이 조정간을 사살로 바꿔 총구를 겨누자 어머니가
질겁하며 뜯어말렸다.

"민혁아, 가만히 있어!"

"뭐라는 거야, 지금!"

"엄만 잡혀가는 거 아니야. 싸우러 가는 거야. 기
다리고 있어 아들…."

마지막 말을 남긴 어머니가 아들을 등지더니 괴
한에게 뛰어들었다. 기다렸다는 듯, 선두에 있던 세
사람은 정교한 손놀림으로 어머니의 몸에 보호 장
비를 입혔다. 민혁은 급히 총구를 들었지만 아무것
도 할 수 없었다. 어머니가 그들과 붙어 있는 이상
도저히 방아쇠를 당길 자신이 없었다. 선두에 있던
자들은 그의 바보 같은 모습을 감상하듯 지켜보다
슈트를 조작하곤 어머니와 함께 하늘로 사라져버렸
다. 눈 깜짝할 새에 벌어진 일들은 마치 허상 같았고
안심하라는 듯 푸근한 표정으로 인사를 하고 간 어
머니의 잔상만이 머리에 맴돌았다. 민혁이 납득되지

않은 상황을 어떻게든 받아들이려고 안간힘을 쓰고 있을 때, 남아 있던 괴한들이 볼일은 다 봤으니 물러나라는 듯 총구를 위아래로 흔들었다. 그제야 민혁은 어머니의 말이 공감되기 시작했다. 싸울 수 있을 때 싸웠어야 한다는 말. 그 단순한 말은 어쩌면 조금 전 그에게 필요했던 내용일지도 모르겠다. 집에서 최단열의 무리를 피해 도망쳤을 때, 자식을 먼저 탈출시킨 뒤 홀로 남아 있던 어머니의 미안함과 죄책감이 자신에게도 파고들었다. 어머니가 말렸어도 그만의 싸움을 치뤘어야 했다. 그랬다면. 적어도 그렇게 했다면 지금 당장 이곳에서 생을 마감한다 해도 가슴이 이렇게나 찢어지듯 아프진 않았을 것이었다. 민혁이 눈을 부라리며 다시 총을 들었다. 괴한들에게 격발할 자세를 취하고 방아쇠에 무거운 검지를 얹었다.

"아악!"

민혁은 당혹감을 감추지 못했다. 아직 방아쇠를 당기지도 않은 까닭이었다. 그런데도 앞에 있는 괴한들이 픽픽 쓰러지며 신음을 내지르고 있었다. 순식간에 마법사라도 된 것일까. 총을 내리며 어리둥

절해 있는 민혁의 뒤편으로 익숙한 목소리가 들렸다.

"우리 팀장, 목 안 잘리고 잘 있었네."

"숨차서 뒤지는 줄 알았구먼."

"통신선 다시 연결해! 우리 얼굴 까발려지고 있잖아!"

팀장과 대화를 하기 위해 마스크를 비활성화시킨 팀원들이 호통을 쳤다. 반가워해야 할지 경계해야 할지 판단할 새도 없이 민혁을 중심으로 방어진이 형성됐다. 적의 적은 친구라 했던가 얼떨결에 민혁도 견제사격을 하며 팀원들과 합류했다. 위장 슈트를 입은 자들의 정체가 무엇인지, 팀원들은 어떤 생각으로 자신을 돕고 있는지 명확한 건 아무것도 없었지만 어머니를 구출할 계획을 짜기 위해선 살아남아야 했다.

"고심도치 될 거 같은디!"

"머리 숙이고, 저기로 모여!"

성이 난 괴한들이 반격을 시작하자 팀원들은 엄폐물을 향해 달려들었다. 적들에게 유탄 같은 무기가 있었다면 전멸할 수밖에 없는 최악의 수였지만 수적 열세에서 몸을 지킬 수 있는 유일한 방법이었다. 어느새 한 공간에서 몸을 부대끼게 된 팀원들은 서로를 바라보지 않았다. 민망하기도 했고, 어떤 말부터 서두를 떼야 할지 복잡했다. 그들의 분위기를 응원하는 건지 순식간에 전장에 고요가 감돌았다.

"뭐여. 왜 조용헌 거여?"

"팀장이 머리 숙이랬잖아!"

"아니. 고것이 아니고 참말로 이상하다니께."

박상이 자신의 머리를 잡고 있던 한소라의 팔을 치우고 고개를 살짝 내밀어 적들의 동태를 살폈다.

"이런 써글."

"왜, 무슨 일인데?"

"갔어."

"어?"

"가부렀다고."

박상이 아예 몸을 치켜세우자 다른 팀원들도 고개를 조금씩 들어 주변을 확인했다. 그의 말처럼 정말 아무도 남아 있지 않았다. 시위하던 사람들이야 피신을 했다고 쳐도, 조금 전까지 총격전을 벌이던 적들도 모두 사라지고 없었다. 신기루라도 본 것처럼 허무한 광경이 보이자 다들 다리에 힘을 풀고 털썩 주저앉았다.

"미안, 솔직히 고민했어."

장소가 적절했는지는 모르겠지만 안세인답게 속시원한 사과였다. 깨물어진 입술에 진중한 마음이 느껴졌으므로 별다른 미사여구 없이도 진중함이 느껴졌다.

"그렇다고 결정까지 했던 건 아니야."

그 말이 끝나기 무섭게, 다른 팀원들도 허겁지겁 여기까지 오며 어떤 생각을 했는지 설명했다. 그 모습이 도떼기시장에서 흥정하는 상인들처럼 보이긴 했지만 그만큼 진심이 담겨 있었다. 각기 다른 삶을 살았고 전혀 다른 욕망을 품고 있었음에도 절망적인 상황 속 유일한 희망은 가장 소중한 이뿐임을 교육받지 않아도 모두가 알고 있었다. 민혁의 입꼬리가 당겨졌다. 팀원들이 그럴싸한 핑계를 댔더라면 그들에 대한 의심의 싹을 잘라내지 못했을 것이다. 하지만 팀원들의 투박한 말과 표정을 느끼며, 오히려 얼굴이 화끈거릴 지경이 되었다. 생명을 위협받는 절망 속에 타인을 위해 희생할 선인 따윈 없다며 멋대로 판단하고 결론지었다. 만약 그때 이들을 믿었다면 어머니를 쉽게 구할 수 있었을까. 한참을 침묵하고 있던 민혁 앞에 임창국이 다가섰다.

"라이플 치우시고."

임창국이 장난기 가득한 표정으로 원격 치료기를 들고 민혁의 가슴을 쏘아대고 있었다.

"아직 끝난 거 아니잖아. 아조아 행성으로 끌려가셨다면 다시 모셔 오면 되지!"

"그래, 총통인가 똥통인가도 온다니까. 진하게 설득해보자."

건조한 미소가 지어졌다. 회사로 달려갈 때처럼 민혁 혼자였다면 무모한 수를 두며 구렁텅이에 빠졌겠지만 지금은 혼자가 아니었다. 분명 어머니도 어디선가 혼자 싸우고 있을 것이다. 민혁은 이젠 더 이상 그 마음에 굳은살이 박이는 걸 내버려두지 않기로 다짐하며 우주선으로 복귀했다.

★

"설명 좀 해보지 그래."

우주선 섭외실 입구. 민혁은 마중을 나온 김지민이 보이자 즉시 따져 물었다. 어머니를 데려간 자들이 어디 소속인지, 왜 데려갔는지, 어느 것 하나 놓치지 않고 모조리 캐낼 생각이었다. 물론 김지민이 설명할 의무는 없겠지만 적어도 한국 지역 담당 외계인으로서 책임감을 가지고 답하길 바랐다. 하지만 김지민은 민혁을 쏘아보다 못해 팔자주름까지 만들며 언성을 높였다.

"이해가 안 되네. 내가 할 소리를 왜 네가 하고 있는 건데? 대체 무슨 꿍꿍이야!"

"무슨 꿍꿍이냐니?"

"내가 여기까지 너희 마중이나 나왔겠어? 지금 위에서 난리 났단 말이야! 그 자식들 누군데 교류자를 납치해 가?"

계산에 없던 김지민의 태도에 민혁이 말을 절었다. 왜 방귀 뀐 놈이 윽박을 질러대는 것인지 그의 머리론 쉽게 판단할 수 없었다. 김지민은 아조아인. 인간보다 감정을 무디게 느끼는 외계인이었다. 그러나 지금 보여주고 있는 비이성적인 감정들은 단순한 연기라고 하기엔 너무나 자연스러웠다.

"교류자를 섭외 못 한 건 상관없어. 특이 케이스라고 치고 내 병력을 동원하면 됐으니까. 근데 이건 상황이 달라도 너무 다르잖아!"

"그럼 누군데? 나라고 어이 안 털릴 것 같아? 분명 우리랑 같은 슈트를 입은 애들이 코앞에서 엄말 데려갔다고."

"우주선에서 그따위 색칠 놀이나 하고 돌아다니는 애들이 있었는지 너 스스로한테 물어봐. 지금 의심스러운 건 너희라고."

김지민이 숨을 참으며 가까스로 냉정을 유지하더니 드디어 민혁이 납득할 만한 말을 건넸다. 확실히 괴한들의 특이한 위장패턴은 우주선의 어느 곳에서도 볼 수 없었고, 틈틈이 학습했던 아조아군 홍보자료에서도 찾아볼 수 없었다. 이쯤 생각해보니 김지민이 거짓말을 하더라도 아무 이득을 볼 게 없다는 결론까지는 쉽게 다다랐다. 민혁은 자신이 겪었던 상황들을 빠짐없이 설명하며 혐의를 부인했다. 다행히 녹음되어 있던 팀원들의 음성파일 덕분에 오해는 가라앉힐 수 있었다. 털푸덕 진이 빠져 테이블에 기댄 민혁이 복잡하다는 듯 관자를 누르자 김지민이 바로 따라붙었다.

"내일 총통은 무슨 면목으로 봐!"

김지민이 이상할 정도로 격양된 이유를 깨닫는

말이었다. 섭외팀에게 내일은 단순히 파티를 즐기는 날이었지만 김지민에겐 업무를 보고하고 성과를 인정받는 날이었다. 곁눈질로 옆을 보니 팀원들도 기대했던 파티가 중단되지는 않을까 노심초사하는 분위기였다. 민혁은 정신을 차리기 위해 정수기에서 냉수를 따라 마시고 김지민의 앞으로 향했다.

"나한테 시간을 줘."

"무슨 시간?"

"교류자를 데려올게."

"팀장!"

안세인과 임창국이 위험한 판단이라는 듯 고성을 내며 말렸댔지만 민혁은 이미 의지를 굳힌 듯 꿈쩍 않았다. 분명 시점은 아쉬웠으나 민혁은 그들에게 도움을 받았다. 충분히 공감받을 만한 명확한 이유가 있긴 했지만 무단으로 팀에서 이탈하고, 임무를 져버린 팀장에게 그들은 다시 한번 손을 내밀어 주었다. 지금은 최소한 팀장으로서 할 수 있는 일을 해야 할 때였다.

"내일 리미다브가 오면 섭외 팀장이 납치당한 교류자를 수습하러 갔다고 해. 최우수팀의 리더가 파티 날에도 뒤처리를 해내려는 태도를 보이면 최소한 징계받는 일은 없지 않겠어?"

"도망치려고 수작 부리는 거로밖에 안 보이는데. 네가 얻는 게 없잖아."

"계속 지구에만 있어서 그런가 은근히 맹한 구석이 있네."

"맹하다고, 내가?"

"징계를 피해서 팀원들의 가족 파티를 보장해주는 건 기본이고, 잘하면 내 피붙이 신변도 확인할 수 있는데 얻을 게 없다고?"

"인간들 웃기지도 않지. 원해서 태어난 것도 아닌데 그놈의 가족, 부모가 무슨 의민지 원. 하여간 별난 종족이야."

수지타산을 계산해보며 손가락을 튕기던 김지민이 다시 평온한 얼굴이 됐다. 암묵적으로 허락을 받은 민혁이 서둘러 슈트를 정비했다.

"오늘 있던 일 때문에 파티 가는 건 포상이 아니게 됐으니까, 내일까지 휴가 줄게."

"휴가?"

"명분은 있어야지. 대신 꼭 해내."

"우리 여사님 만나면 그대로 줄행랑칠 거니까 그 거나 걱정해."

소형 개폐 장치를 열고 하강을 준비하자 김지민 이 왼팔에 장착된 내비게이션을 멋대로 만져댔다. 그 러곤 두 개의 버튼을 가리키며 작은 목소리로 설명 했다.

"위에 버튼을 누르면 교류자가 어디로 향했는지 스캔된 범위 내에서 찾을 수 있을 거야. 아래 버튼 은 날개 달린 것처럼 비행할 수 있게 해주는 기능이 니까 필요할 때 쓰고."

"빨리도 알려주네."

서둘러 땅을 향해 내리꽂은 민혁은 비행 모드로 전환 후, 주변을 스캔하며 어머니의 위치를 확인했 다. 하지만 수도권에서는 확인할 수 없었고, 지방 도 시에서도 파악되지 않았다. 점점 급해지는 마음에 건조한 욕지거리를 내뱉던 중, 잊고 있던 존재가 떠 올랐다. 민혁은 방향을 제어해 제주도에서 세종시를 향해 활공했다. 남은 시간은 거진 하루. 그 안에 모 든 걸 원래대로 되돌려야 했다.

4

"오랜만입니다."

은막을 들춰내자 피골이 상접한 최단열이 다가
왔다. 다른 요원들도 여전히 뭔가를 열중하며 분석
중인 모양이었다. 리미다브가 온다는 소식을 들었을
때, 가장 필요로 하던 만남이었지만 지금은 반가운
마음 따윈 없었다. 1분 1초가 아까운 상황에 겉치레
나 하고 있을 순 없는 노릇이었다.

"탈영이라도 했어요? 혼자서 온 건 좀 놀랍네요."

"엄마가 사라졌어."

"리미다브와 만날 수 있는 길은 찾으셨습니까?"

"내 말을 못 들은 거야, 안 들린 척하는 거야?"

"알고 있습니다."

"뭐를?"

"우주선 내부의 소식은 몰라도 바깥 상황은 저희도 입수할 수 있어요."

속없이 평온한 얼굴을 한 최단열을 보고 있으니 절로 인상이 쓰였다. 어머니가 사라진 걸 알면서도, 그게 민혁에게 어떤 의미인지 알면서도 뻔뻔하게 일방적인 임무만을 강요하고 있었다.

"리미다브 얘기부터 꺼내는 게 맞다고 생각해?"

"시간이 없어요. 민혁 씨. 앞으로 같은 일이 계속 벌어진다고 생각해보세요. 더 많은 희생자가 나오게 둘 수는 없습니다."

"그래서 나만 희생하라는 거야?"

"조금은 달라졌을 줄 알았는데, 아직도 투정이나 부리는 애새끼네요."

민혁의 주먹에 힘이 들어갔다. 마음이 다급해지니 눈에 보이는 게 없는지 목적만을 드러내고 있는 모습이 화가 치밀었다. 멱살이라도 잡고 싶어 앞으로 다가서자 최단열이 먼저 행동을 끊어냈다.

"어머님께선 스스로 잡혀가셨습니다. 그게 무슨 뜻인지 모릅니까? 지금 그 괴한들보다 더 중요한 일을 찾으셨다는 거잖아요."

어머니를 떠나보내던 상황이 머릿속에 그려졌다. 자신에게 피해를 끼치지 않기 위해서, 섭외 일을 그만두게 하기 위해서 끝까지 싸워내겠다는 어머니의 말이 귓가에 선명하게 맴돌았다. 확실히 괴한들에게 잡혀가던 상황에서도 일부러 평온한 얼굴을 한 의도가 느껴졌다.

"어머님을 찾았다고 칩시다. 그럼 그다음엔 어차피 아조아 행성으로 끌려갈 거 아닙니까! 어이쿠 우리 효자, 드디어 우주 관광시켜주네 하시겠습니다."

"비아냥대지 마. 이게 내 최선이니까. 리미다브가 오든 말든 난 내일까지 안 돌아가."

"내일 리미다브가 오는 거군요."

소란스럽던 실내가 일순간 조용해졌다. 분주하게 자료를 수집하던 주변 요원들의 시선이 약속이라도 한 듯 모두 그에게 쏠렸다. 민혁은 쓸데없는 소리를 한 것 같아 짜증을 내던 와중, 최단열은 테이블에 가서 팔뚝만 한 보자기를 들고 왔다. 소중한 물건인 듯 조심스레 민혁의 손에 쥐여 주며 속삭였다.

"펼쳐보세요."

좌우로 덮여 있는 보자기를 펼치자 민혁의 얼굴에 푸르스름한 빛이 드리웠다. 작은 발광체들이 어두운 칼날 전체에 퍼져 있어 흡사 우주를 담은 느낌의 수정검이었다.

"리미다브에게 사용하세요. 아조아인에게 치명적인 물질로 만들어졌습니다."

머리가 지끈거렸다. 입술을 깨물고 침착하려 했지만 한숨부터 흘러나왔다. 강압적인 최단열에 대한 반항심이 아닌 순수한 공포감 때문이었다. 아조아인의 약점을 지구인이 어떻게 알 수 있었을까. 이 짧은 질문만으로 최단열과 국정원에 대한 신뢰를 잃기엔 충분했다. 그들은 또 다른 외계인들과 내통하고 있는 것이 분명했다. 읽어낼 수 없는 건조한 표정은 더욱 그의 마음을 예민하게 만들었다.

"누가 그런 정보를 알려준 거지?"

"저희의 정보력 덕이라고만 해두죠."

누구라도 알 수 있는 뻔한 거짓말이었지만, 솔직하게 털어놓진 않겠다는 의지가 분명하게 전달된 답변이었다. 어머니를 찾겠다는 의지를 묵살하듯 이계의 암살 도구까지 면전에 들이밀자 민혁은 더 현실적인 질문으로 넘어갈 수밖에 없었다.

"성공했다고 가정해도 아조아인들에게 바로 보복당할 거야."

"읽어보세요."

가슴팍에서 기밀문서 인장이 찍힌 종이 뭉치를 건넨 최단열은 테이블 주변을 서성이며 리모컨을 찾았다.

"저흰 지구를 쥐락펴락했던 우주평화법에 대해 알 필요가 있었죠. 결국 발품을 팔아 법 전체의 내용을 손에 넣었습니다."

"이게 아조아인들의 보복이랑 무슨 상관이야?"

"우주엔 정말 많은 문명이 탄생하고 있었습니다. 자연스럽게도 문명 간의 과학력은 격차가 벌어지기 시작했고 행성 에너지를 얻기 위한 침략전쟁을 야기했습니다."

최단열이 스크린을 향해 버튼을 조작하자 '001'이라 적힌 행성의 이미지가 띄워졌다. 푸른 바탕에 녹색 빛깔이 감싸고 있는 행성의 모습은 지구와 너

PLANET CODE : 001

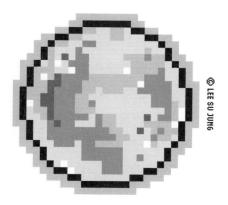

무나도 흡사했다.

"하지만 그 모습을 지켜볼 수만은 없던 자들이 있었죠. '행성 코드 001'. 발견된 문명 중에 가장 압도적인 과학력을 지닌 곳이며 처음으로 침략전쟁을 벌인 행성이기도 합니다. 그들은 은하계 문명의 급격한 감소를 인식했고 과거를 반성하며 우주평화법을 만들었죠."

"아조아 행성보다 과학력이 발전했다고?"

"네. 비교를 해보니 아조아의 과학력도 걸음마 수준이었습니다."

지구의 군대가 싸울 생각도 하지 못하게 만든 아조아가 우주에선 신생아라는 말이 목을 졸라왔다. 그럼에도 이 상황을 타개할 수 있다는 듯 말하는 최단열의 저의가 궁금했다.

"그들은 우주의 사각지대에서 은밀히 식민지화된 행성을 구할 방법을 떠올렸습니다. 현재 지구의 상황처럼요."

"그 방법이란 거⋯."

"행성의 수장이 사망하면 직접 조사를 나갈 수 있도록 법 조항을 만들어둔 거죠."

"상식적으로 가능하겠어? 어떤 미친 자들이 죽음을 감수하고 침략자의 대표를 암살하려 하겠어."

"역사책에서 많이 보셨을 텐데요."

기초교육을 받은 한국인이라면 단번에 이해할 수 있었다. 반박할 거리가 없게 됐는지 혀를 차던 민혁은 다시금 최단열이 건넨 정보를 분석하기 시작했다. 확실히 최강의 문명에게 기대하던 수준보단 한참은 무식한 방법이었지만, 제법 예리한 수단이었다. 어느 곳보다도 과학이 발전된 001 행성에서 조사를 시작한다면 행성 간에 무슨 일이 벌어졌는지 손쉽게 알아낼 것이다. 약한 문명엔 기회를 주되, 탐욕을 가지고 타 행성의 수장을 암살하려는 불순한 의도 또한 사전에 예방할 수 있었다.

"당신이 리미다브를 암살한다면 우주 경찰에게 지구의 상황을 알릴 수 있는 셈이죠."

은막으로 들어왔을 때와는 달리 민혁의 말수가 줄어들었다. 처음엔 어머니를 구하는 게 유일한 목표였지만 점차 생각이 바뀌어 갔다. 최단열의 말대로 엄마를 찾아낸다 한들 아조아 행성으로 끌려가는 건 정해진 수순이었다. 리스크는 분명했지만 판도를 뒤바꿀 수 있는 유일한 해법이 그의 앞에 놓여진 것이다. 민혁은 조심스럽게 검이 끼워진 은색 손잡이를 만지작거렸다. 그러자 감전이라도 된 듯 손가락 끝에서부터 인중까지 뾰족하고 날 선 감각이 올라왔다.

"어?"

몸과 마음이 분리되며 다른 사람이 된 기분이었다. 처음 우주선에 올라탔을 때 느낀 위화감이 전보다 더 강하게 발현된 상태가 분명했다. 정신을 유지하기 위해 심호흡을 하며 버텨내자 우주를 닮은 검의 날에서 한 남자의 얼굴이 보이는 듯했다. 우주선을 향해 울부짖는 남자의 모습이 민혁의 과거와 닮아 있었고 남자의 얼굴을 자세히 보려 집중하니 언제 그랬냐는 듯 다시 본래의 모습으로 돌아와 있었다. 상식적으로 납득할 수 없는 기묘한 경험에 다리 힘이 풀리자 곁에 있던 최단열이 부축했다.

"괜찮습니까?"

남자의 정체는 불분명했지만 지금은 중요하지 않았다. 숫자로 세기에도 짧은 시간이었다곤 하지만 처절하게 울부짖던 그의 잔상은 민혁의 갈등을 갈무리시켜주었다. 어머니가 실종된 후부터 갈팡질팡했던

자신의 행동을 반성하며 감정을 정돈하니 지금 해
낼 수 있는 목표만이 떠올랐다. 리미다브로 인해 더
큰 피해자들이 생기지 않기 하기 위해, 끝까지 싸우
겠다 선언한 어머니를 구해내기 위해서라도 손에 쥐
어진 검을 휘둘러야 했다.

✱

　"이게 다 뭐여."

　파티 장소에 도착한 섭외 팀원들의 눈이 휘둥그
레졌다. 아무리 서울이라지만 이렇게 높은 층고와
너비를 가진 연회장이 있다는 건 상상해본 적도 없
었다. 궁궐 같은 공간에 팀원들만을 위한 요리사와
안내원밖에 보이질 않자 전세라도 낸 듯한 기분이
들었다. 입구에 들어선 뒤부터 정장을 입은 안내원
들이 뒤를 졸졸 따라다니며 필요한 것은 없는지 하
나하나 챙겨주었다. 임창국은 한껏 들뜬 마음으로
준비된 위스키 잔을 들어 올리며 미소 지었다.

　"위대해진 기분이야."

　임창국을 제외한 팀원들은 다양한 다과가 즐비
했음에도 손을 대지 않았다. 아무리 좋은 곳에서 대

접을 받는 상황이라고는 해도 이곳에 온 목적은 따로 있었으니까. 잠시 후 정장을 차려입은 유명 K팝 스타가 단상 위로 올라서더니 마이크를 들고 후문을 가리켰다.

"잠시 후, 섭외 팀원분들의 가족과 새로운 행정부의 귀빈들께서 입장하시겠습니다."

너무나 고대하던 시간이었다. 매일 밤 업무를 마치고 지상의 야경을 내려다보며 이날만을 꿈꿔왔다. 문득 팀장의 상황이 떠올라 착잡해지긴 했지만, 민혁이 자신들을 배려해 만들어준 시간인 만큼 충분히 즐기기로 마음먹었다.

"박수로 환영해주세요!"

거대한 문이 열리자 손수건으로 눈물을 닦던 가족들이 뛰쳐들어왔다. 여동생과 만난 박상은 어울리지 않는 애교쟁이가 돼 귀여운 투정을 부려댔고, 애타게 바랐던 용균과 만난 한소라는 영화 클라이맥스 속 커플처럼 애정 표현을 나누었다. 취기가 오른 임창국도 가족에게 섭외팀의 일대기를 장황하게 설명하며 즐거운 담소를 나누었다. 하지만 단 한 사람만은 가족을 만난 뒤 인사도, 목례도 하지 않았다. 안세인은 그저 아버지가 자신에게 다가와 적당한 시기에 물건을 건네주길 기다릴 뿐이었다. 섭외팀이 가족들과 상봉하니 함장 예복을 입은 김지민이 인사를 나누러 다가왔다.

"안녕하세요. 문화 교류함 함장 김지민입니다."

외계인이 한국인 출신이냐 묻는 가족들을 뒤로하고 팀원들은 김지민 앞에 모여들었다.

"10분 뒤, 총통께서 오실 겁니다. 그때까지 단상 앞으로 와주세요."

잠깐의 자유시간 동안 팀원과 가족들은 달콤한 시간을 가졌다. 그동안 어떻게 지냈는지, 앞으로 뭘 하고 싶은지 이산가족들이 만났을 때 나눌법한 이야기들이었다. 가끔 새로 뽑힌 대통령이라는 사람이 와서 섭외팀의 헌신에 대해 감사 인사를 한다며 접근했지만 대뜸 사진 한 장만 찍고 가버렸다. 그 모습을 보고 비아냥대던 임창국의 눈길에 군인 가족이 포착됐다.

"가져왔어요?"

"그래."

짙은 색의 코트를 입은 안세인의 아버지가 조심

스레 명품 클러치 백을 건넸다. 부드럽게 어깨를 토
닥이고 포옹을 한 부녀의 모습은 이질적이게도 재회
의 기쁨보단 이별의 아픔이 느껴졌다. 아버지는 얼굴
을 붉히며 고개를 떨궜지만 안세인은 고개를 돌리며
당당하게 미소지었다. 정확히 어떤 표정인지는 몰라
도 충혈과 함께 축축해진 아버지의 눈을 보면 쓸데
없는 감정이 튀어나올 것 같았다.

"세인아."

"네, 아버지."

"네가 자랑스럽다."

"화장 좀 고치고 올게요."

스스로 더는 동요시키지 않기 위해 화장실로 달
려갔다. 문을 잠그고 칸막이 안을 확인하고 나서야
거울 앞에 설 수 있었다. 무서웠다. 다시금 원초적인
생존 욕구가 튀어나오려 했지만 손바닥으로 눈을 지
압하면서 억눌렀다. 그럼에도 물러설 수는 없었다.
우주선이 나타나 동료들을 살해했을 때, 홀로 살기
위해 도망쳤던 순간이 매일 밤 자신을 괴롭혔다. 하
루같이 미안하다는 말과 함께 울면서 깨어나 속죄할
수 있는 날이 오길 빌었다. 안세인은 클러치 백에서

눈에 띄지 않을 정도로 작게 제작된 권총을 속옷에 숨겼다. 손꼽아 기다리던 순간이 왔다. 우주선으로 들어가기 전, 군 수뇌부에서 복무하던 아버지에게 다시 만날 때 가져오길 부탁한 물건이었다. 페이퍼 타월로 얼굴을 닦고 밖으로 나와 시계를 확인하니 지구를 겁탈한 종족의 수장이 오기까지 3분 남짓의 시간이 있었다. 예상 동선을 파악하기 위해 연회장 구석구석 둘러보던 중 있어선 안 되는 인물이 보였다.

"어떻게 온 거야…?"

"날아서 왔지."

"그런 뜻이 아니잖아."

정신없이 도착했는지 임무용 슈트도 벗지 않은 민혁이 숨을 헐떡이며 웃어 보였다. 그 모습이 너무나 바보 같아 보였는지 헛웃음을 참아낸 안세인이 다시 정색하며 물었다.

"어머님은 찾았어?"

"못 찾았어."

"그럼?"

"먼저 해야 할 일이 있어서."

안세인은 민혁의 갑작스러운 등장에 불안감이 생

긴 이유를 알아챘다. 어머니를 찾지 못한 민혁이 슈트 차림으로 이곳에 올 이유는 하나였다.

"이야기 좀 해."

"무슨 이야기?"

"잠깐이라도 빨리!"

안세인이 격한 반응을 보였지만 민혁은 당황할 새도 없었다. 메인홀이 어두워지고 단상에 불이 켜진 뒤 진행자가 마이크 테스트를 한 이유였다. 아조아 행성 군인들과 초대된 손님들이 박수를 치며 단상 앞으로 몰려들었다.

"여러분, 모두 집중해주시기 바랍니다!"

리미다브가 온다. 욕심에 눈이 멀어 소중한 생명을 짓밟은 침략자가 지금 여기로 온다. 민혁과 안세인의 아드레날린이 급격하게 분비됐다. 두 사람은 약속이라도 한 듯 각각 메인홀의 양옆으로 빠지며 사람들의 눈에 띄지 않으려 노력했다. 민혁은 겹겹이 둘린 커튼에 몸을 한 바퀴 돌려 슈트를 이루고 있는 금속이 빛에 반사되는 것을 막았다. 진행자는 어느 정도 환호소리가 잦아들자 안내 멘트를 하며 단상 입구를 향해 양손을 들어 보였다. 그리고 모두가 기다리던 인물이 천천히 무대로 걸어 나왔다.

"안녕…하아…십니까."

리미다브가 첫 인사말을 건네자 장내에 정적이 흘렀다. 모두들 인지 부조화가 왔는지 최대한 상황을 이해하려 애쓰며 아래턱을 여닫을 뿐이었다. 박상도 기묘했는지 고개를 갸우뚱하며 동료들의 반응을 살폈다. 과거 우주선에서, 김지민에게 한국어를 능숙하게 할 줄 아는 이유를 물은 적이 있었다. 외계인들은 모두 현지 언어를 완벽하게 학습해서 지구에 들어왔고 따로 언어를 배울 필요도 없이 입력만 하면 자동으로 습득된다고 말했다. 때문에 리미다브의 저는 듯한 목소리는 외국인이 한국어를 따라할 때처럼 어색한 것이 아니었다. 그저 심각하게 노화된 음성이었다. 중후하다는 긍정적인 표현도 입에 담기 힘들었다. 그저 어떻게 숨을 쉬고 있을까 궁금해질 정도로 말라비틀어진 노인이 지팡이를 땅에 짚고 허리를 꾸부린 채 작은 눈으로 벌벌 떨고 있었다.

"이리… 영광적인, 쿠헤엑."

리미다브는 폐가 좋지 않은지 시도 때도 없이 기침을 해댔고 객석의 몇몇 손님들은 해석을 포기하는 지경까지 왔다. 민혁과 안세인도 점점 눈의 초점을 잃어갔다. 너무나 증오했던 존재임에도 연민이 느껴지는 자신들의 감정이 가증스러웠다. 그럼에도 목적은 이뤄야 했다. 겉모습은 나이 든 노인이더라도 지구를 침략한 장본인이다. 민혁은 라이플 옆에 장착시켜둔 보따리를 꺼내 커튼 사이로 검을 빼 들었다. 이대로 리미다브를 찌른다면 '001'에서 조사원들이 찾아와 지구의 상황을 온 우주에 알려줄 것이다.

'빌어먹을....'

하지만 운명이 장난을 걸어오듯 민혁은 검을 거둘 수밖에 없는 상황이 되었다. 우웅-우웅— 왼팔에 부착된 기계에서 어머니를 발견했다는 진동이 울려댔다. 위치는 바로 연회장 위에 떠 있는 리미다브 전용 수송 함선. 지금 리미다브를 찌른다면 지구는 지킬 수 있다고 해도 어머니의 안전은 보장할 수 없었다. 아무리 '001' 행성이 나선다고 해도 사건을 벌였을 때 당장 어떻게 처분될지는 모르는 일. 민혁은 계획을 급히 수정해 어머니를 먼저 구출하기로 정했다. 안전한 곳에 어머니를 옮기고 나서라도 리미다브를 처리하기에 충분하다는 판단에서다. 오히려 리미다브가 이곳에 있을 때 움직여야 전용 함선의 호위 병력을 분산시켜 실패 가능성을 줄일 수 있었다. 방향을 돌려 연회장의 뒷문으로 나가려는데, 그의 다리는 얼어붙을 수밖에 없었다. 건너편에 있던 안세인이 속옷에 있던 권총을 꺼내 리미다브를 겨눴다.

"안 돼!"

대체 무슨 생각을 하는지 모를 정도로 말을 아끼던 안세인이었지만 적어도 그가 무엇을 하려는지는 정확히 알고 있었다. 언제부터였는지 생각도 나지 않을 만큼 삭혀낸 후회와 분노, 죄책감을 세상을 향해 분출시켜 반드시 속죄하리라 다짐한 군인. 그 이상 그 이하의 모습도 아니었다. 말려야 했다. 지금 리미다브가 공격당한다면 우주선에 있는 어머니가 위험해진다. 이기적인 판단인 건 알지만 막아낼 수밖에 없었다. 민혁의 외침 덕분에 리미다브를 포함한 모두의 시선은 그가 받아낼 수 있었다. 천운이었다. 안세인과 군인 아버지의 밀담을 발견했던 임창국과 나머지 팀원들은 안세인을 제압하고 권총을 빼앗아갔다. 납치라도 당하듯 구석으로 끌려간 걸 확인한 민혁은 그제서야 가슴을 쓸어내릴 수 있었다. 하지만 머리

아픈 상황을 벗어난 건 아니었다.

"자네…."

리미다브가 슈트 차림인 민혁을 보고 손가락을 까딱거렸다.

"뭐 하고 있어. 빨리 앞으로 나가!"

리미다브의 손가락을 보고 잽싸게 의도를 읽은 김지민이 안절부절못하며 민혁의 등을 떠밀었다. 아직 총통과 무슨 대화를 나누게 될지 완벽하게 계산되진 않았지만 여유가 주어진 상황이 아니었다. 민혁은 결백하다는 듯 건조한 표정으로 고개를 숙였다.

"한국지부 문화 교류 섭외 팀장 홍민혁, 인사드립니다."

"자…네…는 어미를 찾으러…가지 않았나."

가슴이 뜨끔거리긴 했지만 다행히 예상 질문리스트에 있는 내용이었다. 어제 사건으로 파티에 참석하지 못한다는 것 정도는 김지민을 통해서 충분히 전달받았을 것이다. 그가 왜 이곳에 있는지 궁금한 것은 리미다브만이 아니었는지 김지민 또한 눈을 동그랗게 뜨고 민혁의 답을 기다렸다. 중요한 순간인 만큼 이곳에 오기 전 최단열을 통해 조언받은 연기

146

를 해야 할 차례였다. 민혁은 양손으로 얼굴을 덮고 고개를 숙인 뒤 몰래 눈알을 찔렀다. 상상보다 더 큰 고통이 밀려왔지만 방법이 없었다. 작정하고 만들어 낸 붉은 얼굴을 보이며 대사를 읊었다.

"드디어 어머니를 찾았습니다."

"허어… 근데 표정이… 왜 그런가?"

"많이 지치셨는지 건강이 안 좋아지셨어요."

"지구인이란 딱한지고… 그리 사소한 것이 슬퍼… 에너지를 낭비하다니."

마음이 편해졌다. 리미다브와 조우하고 생겼던 연민이 순식간에 사라질 만큼 저급한 말을 내뱉으며 드러낸 더러운 얼굴을 봐버렸다. 연기를 풀고 당장에 검을 들까도 싶었지만 왼팔이 저려왔다. 그때 리미다브의 옆으로 김지민이 다가와 무언가를 속삭였다. 불안한 상황이었지만 김지민 또한 리미다브에게 교류자 실종 일로 질책받지 않기 위해 부단히 노력해야 하는 입장이었기에 내심 자신을 변호해주길 바랐다.

"내가 자넬… 도울 수 있을 것 같은데."

"정말입니까?"

"지구와 문화 교류를… 하러 왔으니… 내 배려해
야겠지."

계획대로 흘러가는 느낌이 들었다. 많은 관중 앞
에서 지구인으로서의 연민을 보이면 대통령이 특별
사면을 하듯이 어머니를 찾도록 시간적 여유를 줄
것이라 생각했다. 이대로 리미다브를 속이며 틈을
보다가 어머니를 안전한 곳으로 탈출시킨다면 성공
적으로 암살까지 진행할 수 있었다. 하지만 곧 그의
판단이 완벽하게 엇나갔음을 인정해야 했다.

"내게… 거짓말 한 것을 용서하네."

"그, 그게 무슨 말씀입니까?"

"자네 어미는… 지금 내 함선에 와있다고 하는데."

"김지민…!"

역시나 감정에 휘둘리지 않는 종족다웠다. 김지
민이 허리를 숙이고 뒤로 물러가자 리미다브가 입
구에 있던 부하들에게 손짓했다. 리미다브는 모든
게 하나의 유흥이었다는 듯 더는 쿨럭이지 않고 또
렷한 말투로 민혁에게 속삭였다.

"거짓말은 용서해도 우주법이란 게 굉장히 강력
하거든, 자네의 어미는 약속대로 아조아 행성으로

보내야겠네."

최악의 상황이 왔다. 당장 이곳에서 나가 리미다브의 부하들을 저지하고 어머니를 구해야 하지만 지금 민혁의 앞에 있는 것은 다름 아닌 리미다브다. 수상한 낌새를 느끼면 누구보다 먼저 조치를 취할 수 있는 존재였기에 시선을 분산시키고 빠져나갈 수 있는 작은 틈조차 만들어내기 힘들었다. 그 순간 예상치도 못한 빈틈이 만들어졌다. 섭외 팀원들을 뿌리치고 나온 안세인이 되찾은 총을 들고 리미다브에게 겨눈 것이다. 총을 본 민간인들은 소리를 지르며 도망치려 했고 장내는 아수라장이 됐다.

"저세상에 올라가서 죽은 내 동료들한테 사죄해."

안세인의 총구가 번쩍이자 발포음과 함께 강렬한 쇳소리가 민혁의 귀를 긁더니 붉은 금속이 리미다브의 이마에 박혀버렸다. 아조아 행성의 리더가 지구에 오기만을 바란 건 최단열 뿐만이 아니었다. 명확한 완력 차이를 목격해 포기한 줄 알았던 전 세계의 과학자들이 지하 밀실에 숨어들어 칼을 갈고 있었다. 푸른 별 위를 살아가는 생명체에겐 쓸 일이 없었던 대인 살상용 초소형 압축 핵을 핏빛 금속에 넣어 탄자로 개발해 내는 데 성공한 것이다. 신이 인류를 저버리지 않을 거라 믿으며 반드시 올 거라 생각한 한 번뿐인 기회. 그 천운의 순간을 살리려 오직 한 발만을 발사할 수 있는 펜 크기로 위장시킨 탄자. 인간 과학자들의 희망과 전 세계의 염원이 리미다브의 이마를 뚫기 위해 나선형으로 돌며 폭발하고 있었다.

✶

민혁은 틈을 놓치지 않고 주변의 눈을 피해 입구를 빠져나와 날아올랐다. 리미다브가 암살된다는 상상만으로 백번 천번 환호하고 싶었지만 수장을 잃은 아조아군이 어떻게 나올지는 여전히 미지수였다. 어머니가 있는 우주선 입구는 민혁이 머무른 교류함과 비슷한 구조였다. 민혁은 샛길을 통과하며 내비게이션이 표시하고 있는 지점으로 향했다. 샛길은 본래 빠른 활강을 위한 용도였지만 필요시 역으로 거슬러 오를 수도 있었다. 성공적으로 내부에 잠입한 민혁이 숨을 죽였다. 리미다브의 소식을 들었는지 슈트를 입고 단체로 뛰어다니는 아조아군이 보였지만 냉철함을 유지하며 어머니가 있는 송신실로

향했다. 그리고 마침내…. 작은 문이 열리며 어머니
의 굽은 등이 보였다. 제물로 바쳐지려는 듯 무릎을
꿇은 어머니가 보이자 민혁은 재빠르게 주변을 살폈
다. 납치를 한 괴한들이 주변에서 잠복하고 있을지
모를 일이었으니 신중을 기해야 했다. 고개를 좌우
로 흔들어대며 사각지대를 확인하려 애쓰던 중 익
숙한 목소리가 들려왔다.

"민혁아…."

슈트에서 나는 기계음을 들었는지 먼저 민혁을
발견한 어머니가 걱정스러운 표정으로 바라봤다.

"괜찮아? 그 자식들이 뭔 짓 안 했어?"

"그럼 엄만 괜찮지."

"여기서 뭐 하는 거야. 일단 빨리 내려가자."

"또 그런다. 안 돼."

정은은 민혁이 몸을 부축하려 하자 적극적으로
거부했다. 예상과는 다른 반응에 어쩔 줄 몰라 입을
오므리고 있으니 이번엔 이상한 말을 주절거리기 시
작했다.

"여기에 앉아서 그동안 있었던 일을 떠올려야 돼.
그러면 우주 경찰인지 뭔지가 올 거야."

"그게 뭔 씨나락 까먹는 소리야?"

"엄마만 할 수 있는 일이야."

하나뿐인 아들과 눈조차 마주치지 않고 말하는 어머니를 보니 민혁은 뭔가 상황이 잘못됐음을 깨달았다. 우주 경찰이라면 '001' 행성에서 지원이 온다는 말인가? 그리 쉬운 방법이 있었다면 최단열이 알려줬을 것이다. 민혁은 누군가 어머니를 위험에 노출시키기 위해 거짓된 정보를 제공했다고 확신했다. 평화의 문에서 어머니를 잃은 것만으로도 충분히 고통스러웠으니 괴한들의 말재간에 놀아난 것이든 우주 사이비에 빠진 것이든 더는 계산하고 있을 여유는 없었다.

"나와!"

"민혁아…!"

"이러고 있으면 위험하다니까!"

"엄마가 인간 CCTV가 돼야 한다니까!"

자존심 강한 두 모자가 엎치락뒤치락 몸싸움을 펼치고 있을 때. 잠수함의 소나 음파처럼 절대 듣고 싶지 않은 소리가 들려왔다. 수십 명의 아조아군이 플라스마 라이플을 장전하고 두 사람의 머리를 노렸다.

★

붉은 탄자가 폭발하더니 수 미터의 공간으로 퍼져 가다 순식간에 리미다브의 이마로 응축됐다. 대인용 무기인 만큼 최대한 작은 공간에서 분열한 뒤 빠르게 소멸하는 신기술이 탑재된 무기였다. 안면의 절반을 잃어버린 리미다브의 괴성이 연회장을 가득 메웠다. 엄청난 고통이 뒤따르는지 파들파들 떨어대는 육체를 보며 안세인이 울먹이기 시작했다. 오늘로 하여금 외계인의 공격이 끝날지, 피의 복수를 부를지 알진 못해도 눈앞에서 사라진 동료들과 끝까지 지켜내지 못한 국민에게 작은 위로라도 건넬 수 있었다. 날벼락 처럼 내리친 리미다브의 야망은 이제 끝이 날 것이다.

"도망쳐."

안세인의 아버지가 딸의 등을 떠밀었다. 그러고는 곁에 있던 섭외 팀원들에게 간절한 눈빛으로 신호를 보냈다.

"딸을 부탁하네."

급히 단상으로 달려 나가는 늙은 남자를 보며 한소라가 입을 틀어막았다. 안세인은 자신의 아버지가

153

무엇을 본 것인지 확인하려 했지만 박상, 임창국이 강제로 안세인을 제압하고 한소라와 함께 입구로 달려 나갔다. 문을 통과하기 전. 온 힘을 다해 고개를 내민 안세인의 얼굴이 일그러졌다. 어느새 얼굴이 복구된 리미다브에게 자신의 유일했던 영웅이 권총을 들고 덤벼들고 있었다.

딸이 절규하는 목소리가 밖에서 들려왔지만, 지금 그에겐 살벌한 총격음만이 필요했다.

"이게 아니야. 기다리던 쥐새끼만 빠져나갔잖아."

연속적인 피격을 당하고 있음에도 리미다브는 차분한 말투로 그에게 다가갔다. 의도를 알 수 없는 말이었지만 질문할 여유는 없었다. 군인으로서 부끄럽지 않은 선택을 한 딸과 그 친구들이 무사히 빠져나갈 동안 탄창을 갈아 끼우고 연거푸 사격하는 수밖에 없었다.

"그 따위 장난감으로 뭘 하겠다는 거야!"

이성적인 종족의 우두머리임에도 묘하게 화가 나 있는 표정이었다. 식은땀을 흘리며 거친 호흡을 내뱉던 노장은 땅에 총을 내던졌다. 가져온 모든 탄약이 떨어져 몸으로라도 리미다브의 걸음을 멈출 생각

이었지만, 리미다브의 손날이 사선으로 움직이자 반
으로 갈라진 하체만이 보일 뿐이었다.

"열등한 종족들 같으니…."

★

자신을 둘러싼 아조아군에게 양손을 들어 보였
다. 그들이 사살을 목표로 했다면 이미 당했을 터,
지금 보이는 경계 태세는 상부의 명령이 없었음을
뜻했다. 리더로 보이는 자가 보랏빛의 포박 기계를
꺼내더니 민혁에게 다가왔다. 힘으로 저들을 제압하
기엔 무리가 있어 보였지만 리미다브의 말대로 우주
법인지 뭔지가 중요하다면 이제 어머니는 아조아 행
성으로 끌려갈 게 뻔했다. 등 뒤로 포박 기계가 다가
오자 민혁은 팔꿈치로 리더의 복부를 강타하고 뒤
를 돌아 그를 인질로 잡았다. 또 다시 기묘한 경험이
었다. 영화 속에서 봤을 법한 행동들이 홀로그램 튜
토리얼처럼 그의 눈에 펼쳐졌었다. 지푸라기를 잡는
심정으로 홀로그램의 지시를 따라 하니 마법처럼
리더가 제압된 것이다. 그와 마찬가지로 당황한 적
들이 총구를 내리자 재빨리 리더의 라이플을 빼앗

앉다. 어머니를 등지고 리더를 전방에 내세운 민혁이
뒤를 향해 속삭였다.

"나갈 거니까 빨리 따라와."

하지만 답은 돌아오지 않았다. 곁눈질로 어머니의
상태를 확인하려던 민혁에게 푸른 빛이 점멸하며 눈
꺼풀에 닿았다.

'정신검증 완료.'

정은이 앉아 있던 거대한 송신기에서 불길한 안내
가 진행됐다. 다급해진 민혁이 재차 어머니를 불렀지
만 반응이 없었다. 이내 안내 화면은 붉은빛으로 바
뀌며 새로운 내용을 담아냈다.

'경고: 정신 송신 후 사용자의 정신체는 소멸됩니다.'

민혁은 그제야 어머니의 말뜻을 이해했다. 자신이
CCTV가 되겠다는 말은 어머니가 본 모든 상황을
'001' 행성으로 전송시키겠다는 의미였다. 그 대가가
죽음일지라도 아들을 지키기 위해서라면 무엇이든
할 수 있는 사람이었다. 화면에서 카운트가 시작되자
민혁은 몸을 내던지다시피하며 기계 속에서 어머니
를 꺼냈다. 최악의 상황은 면했지만 당연하게도 아조
아군의 라이플에 기절당해 거칠게 끌려나갔다.

5

눈을 뜨니 레이저 센서로 이루어진 감옥 안이었다. 예상과 조금 다른 것은 교류함 숙소와 같이 거대한 창문이 노을을 비추고 있어 아름다운 풍경이 가득했다는 것이다. 감옥엔 민혁이 소지했던 물품도 그대로 놓여 있었고 심지어 옆 감옥에선 깊은 잠에 든 듯 어머니가 코를 골고 있었다.

"대든 것 치곤 나름 복리후생이 좋은데."

리미다브가 습격당했을 때 최악의 시나리오를 예상하며 이곳에 왔지만 단순한 구금으로 결론지어진 것 같아 안도의 한숨이 나왔다. 또한 리미다브는 사망한 것이 분명하다고 생각했다. 저 망할 외계인들이 복잡한 상황을 만들면서까지 자신을 사살하지 않고 구금시켜둘 이유가 그것 말고는 없었으니까. 비록 이런 꼴이 됐지만 어머니를 향해 뛰어든 판단이 옳았던 것이다.

"지옥은 아닌 것 같네."

어느새 어머니가 눈을 끔뻑이며 노을을 바라보고 있었다. 감옥이 안방이라도 되는 듯 볼살을 긁어대는 어머니를 보자 안심이 되었다. 민혁은 좋은 소식을 전하기 위해 서둘러 입을 열었다.

"우리 이제 돌아갈 수 있게 됐어!"

"정말?"

"리미다브가 죽었어. 이젠 엄마가 기다리던 우주경찰이 올 거라고."

이상하게도 어머니는 웃지 않았다. 그저 마음이 퍽 심란한지 고개를 돌리며 허벅지를 주물러댔다. 기대했던 반응이 나오지 않자 불안한 마음으로 물었다.

"안 기뻐?"

"그냥 실감이 안 나서 그래. 깨기 전까지만 해도

죽느니 마느니 하고 있었으니까."

슈퍼맨 이전에 대한민국의 엄마가 있었다지만 역시 그들도 사람이었다. 아들을 위한 마음으로 지금까지 버틴 것이지, 이곳까지 오면서 심장마비에 걸릴 뻔한 적이 여럿 있었을 것이다. 민혁은 분위기를 바꾸기 위해 화제를 돌렸다.

"돌아가면 뭐 할 거야?"

"후라이드 먹어야지."

"치킨? 큰일까지 치렀는데 소박하다 정말."

"올림픽이나 월드컵 경기 같은 중대사 때 먹는 음식이잖아. 나름 제사 음식처럼 고유하고 역사적인 상차림이라고."

"그럼 그다음엔?"

"여행 가자."

이번엔 제법 그럴싸한 답이 돌아왔다. 대중교통 환승요금이 아까워 먼 길을 걸어 다니던 짠순이 엄마한테 여행을 가자는 말이 나온 적은 처음이었다. 민혁은 내심 어머니가 진심인지 떠보고 싶어져 현실적인 질문도 추가했다.

"내 직장은 어떡하고. 이제 막 들어간 신입사원이

휴가를 어떻게 써."

"그만둬. 엄마도 그만둘 거니까. 요새 그게 트렌드 랜다. 우루밸?"

어머니의 트랜디한 단어에 감탄하며 웃음이 나왔다. 모든 일이 끝나면 있는 돈 없는 돈 탈탈 털어 일본이나 동남아로 여행을 가기로 마음먹었다. 여차하면 박상에게 저금리로 돈을 빌려달라고 부탁하는 것도 좋은 방법이었다.

"그래 일자린 다시 찾으면 되니까, 나도 취준 좀만 더 한다고 생각하지 뭐."

"별로 안 아파 보이는데?"

갑자기 모자 사이에 끼어든 이질적인 목소리에 민혁의 심장이 내려앉았다. 쭈글쭈글한 주름을 한 노인이 아조아 총통의 정복 차림으로 지팡이를 끌며 다가왔다.

"어째서 귀신이라도 본 표정인가?"

"당신이 여기 어떻게…."

"뇌를 다친 것 같군. 내가 나의 함선에 온 것인데 뭐가 문제인지 모르겠단 말이지. 아니면, 정말 멍청하게도 내가 죽었다고 생각한 겐가."

160

리미다브는 어머니를 가둔 공간 앞으로 가더니 손을 내저었다. 그러자 곁에 있던 호위병이 레이저 센서를 해제시키고 어머니의 양팔을 잡아 제압했다. 민혁은 자리에서 박차고 일어나 호위병을 뒤쫓으려 했지만 당연하게도 센서가 작동되며 그의 피부를 태웠다. 고통조차 느껴지지 않는지 피부 전체가 피로 얼룩이 졌음에도 계속 탈출을 시도하며 소리를 질러댔다.

"이미 말하지 않았나. 네 어미는 아조아 행성으로 넘겨질 거라고."

어머니는 끌려가기 전 마지막으로 아들의 얼굴을 보았다. 다신 보지 못할 소중한 얼굴을 마음속에 담아두고 싶었다. 어머니의 표정을 본 민혁은 경기를 일으켰다. 자신을 향해 지어준 미소의 의미는 아조아 행성에 가더라도 언제든 기억 송신을 멈추지 않겠다는 뜻이나 다름 없었다. 민혁의 눈에 슈트와 함께 보관돼 있던 수정검이 들어왔다. 리미다브를 제거할 때가 온 것이다. 감옥 안에 민혁의 짐을 보관해둔 아조아군의 어리석음에 감사하며 보자기를 펼쳐 검을 빼 들었다.

"잠깐만… 그 물질을 어떻게 네가…."

민혁의 손을 본 리미다브의 몸이 불안정하게 떨리기 시작했다. 감옥의 외벽을 베어버리고 자신의 앞에 분노한 지구인이 우두커니 서 있었다. 날 안에 우주를 담은 듯한 수정검. 아조아인들에게 치명적인 독을 품고 있는 검이었다. 지구의 과학력은 그의 신체를 파괴할 수 없었지만 민혁이 들고 있는 수정검은 베이기만 해도 수십 분 이내로 모든 장기가 괴사하며 사망할 것이다.

"경비병!"

수장의 짧은 외침에 아조아군은 민혁을 둘러싸며 방 전체를 가득 메웠다. 그러나 신이라도 들린 듯 민혁은 계속 앞으로 걸었다. 지금까지와는 전혀 다른 눈빛이 되어 좁은 공간을 이용해 플라스마탄을 피했고 수정검으로 병사들을 베어나갔다. 그의 움직임은 인간의 몸놀림이라고는 보기 힘들 정도로 비범하고 경이로운 수준이었다.

"이걸 내가 어떻게 갖고 있나 싶지?"

순식간에 방 안의 병사들 전부가 바닥에 고꾸라졌다. 민혁은 창문을 부수고 탈출을 시도하던 리미다브에게 달려들었다. 그리고 마침내 리미다브의 심장을 자신의 손으로 꿰뚫는 데 성공했다. 외계인의 입에선 보랏빛 핏물이 나왔고, 얼굴의 혈관들은 점점 뚜렷해져 갔다.

"착하게 살았어야지."

짧다면 짧고 길다면 긴 시간 동안 지구를 손에 넣었던 늙은 아조아인은 더는 숨을 쉬지 않았다. 이제 곧 '001' 행성에서 파견이 올 거라 예견한 민혁은 천천히 검을 뽑아낸 뒤 심호흡을 시작했다. 지구인들의 원수라고는 해도 살인을 했다는 죄책감이 마음을 힘들게 해서였다. 서둘러 어머니를 찾아야 했지만 다리에 힘이 들어가지 않을 정도로 지쳐 창문에 기대어 가까스로 버텼다.

"어?"

천천히 식어가던 심장은 민혁의 망막에 맺힌 형상으로 다시 날뛰기 시작했다. 함선 내의 안내 화면들이 점등되며 리미다브의 상황이 보여졌다. 화면 속 민혁은 거의 은행을 털다 감시카메라를 발견한 범죄자의 모습과 흡사했다. 그저 다른 것이 있다면 민혁의 손에는 피 묻은 검이 쥐어져 있었고 리미다

브의 시체가 바로 옆에 누워 있었다는 점이었다. 영
문 모를 상황에 미간이 좁혀졌다. 화면의 영상이 왜
지금 나타났고, 누구를 위해 비춰지고 있는지 아무
것도 알 수 없었다. 그리고 이어서 생성된 공지문이
그의 불안감에 불을 붙였다.

'입체 이미지 녹화 완료 – 종족 데이터 확인 완료
– 우주 회선으로 전송되었습니다.'

화면 속 메시지를 해석하던 민혁이 뒷걸음질 치
기 시작했다. 방문이 열리고 새하얀 슈트를 입은 아
조아군이 총구를 겨눈 까닭이었다. 그중 이마에 망
치 비슷한 표식을 한 병사가 리미다브에게 달려와
능숙한 손놀림으로 녹색 액체를 주사했다.

"크흑…. 크하하하!"

조금 전까지 초주검이 되어있던 리미다브가 바닥
을 짚고 일어섰다. 혈색은 안정화됐고 피부도 모두
재생되어 있었다. 녹색 액체의 정체가 뭔진 모르겠
지만 병사들의 침착한 움직임들을 생각하면 모든
게 계획된 시나리오 같은 느낌이 들었다. 망치 표식
의 병사가 슈트의 마스크를 개방하자 민혁이 이를
갈았다. 역시나 이번에도 김지민이었다.

"해독제 효과 좋구만. 푹 자고 일어난 것 같네."

"고생하셨습니다. 총통."

"이보게, 자네들 지금 누구한테 총을 겨누는 겐가? 아조아의 영웅에게 감히!"

리미다브의 불호령에 병사들은 급히 총구를 올렸다. 민혁은 지금 이루어지고 있는 대화가 도통 이해되지 않았다.

'내가 아조아의 영웅이라고? 몇 분 전 심장에 칼을 꽂아 넣은 사람한테?'

리미다브는 민혁이 생각할 시간을 더는 주지 않았다. 두꺼운 손가락이 한 번 튕겨지더니 창밖에 있던 노을은 사라지고 망망대해 같은 우주 속에 덩그러니 놓여 있는 푸른 별이 보였다. 눈 깜빡할 사이에 우주에 놓였다는 사실을 뇌가 받아들이기도 전이었다. 지상에 있던 우주선들도 이곳으로 집결했는지 인공위성처럼 작은 크기로 지구를 빙글 감싸고 있었다. 민혁은 멀뚱히 지구를 감상하고 있는 김지민을 바라봤다. 대체 무슨 일을 벌인 건지 불친절한 설명이라도 좋으니 아무 말이라도 해달라 외치고 싶었다. 리미다브는 만족스러운 표정으로 손뼉을 치며 말했다.

"자, 그럼 이제 시작해볼까? 정말로 긴 작업 기간이었어…."

급변하는 상황에 민혁의 머리가 아파지기 시작할 때 김지민이 다가와 짙은 고글을 하나 건넸다.

"써."

"설명부터 해!"

"내가 말할 사람 같아? 빨리 써. 눈 녹는다."

민혁이 본능적으로 거부하며 몸부림을 치자 김지민은 반강제로 얼굴에 고글을 씌웠다. 리미다브도 천천히 민혁에게 다가와 어깨를 토닥였다. 기분 나쁜 손길에 온몸에 소름이 끼쳤지만 움직일 수는 없었다.

"매이언. 이제야 자네가 어떤 공로를 세웠는지 눈으로 보여줄 수 있겠군."

자아가 부정당하는 기분이었다. 리미다브는 민혁을 '섭외 팀장'이나 '이름'이 아닌 '매이언'이라고 칭했다. 정체성에 혼란이 오던 중에 김지민이 그의 볼을 잡더니 창밖으로 고개를 돌려버렸다. 옆에 있던 병사들도 고글을 끼고 같은 자세로 지구를 관찰하고 있었다.

"잘 봐둬."

"뭘?"

그 순간, 쿵 소리와 함께 숨이 멎을 정도의 광원이 눈 앞을 가렸다. 귀가 찢어질 듯한 소리도 들렸지만 시각적인 충격이 더 컸던 이유로 무시됐다. 섬광이 사라지자 민혁은 외마디 비명을 지르고는 절규하듯 창문을 치기 시작했다. 지구가 존재했는지도 모를 정도로 산산조각이 되어 공허한 어둠 속에 자취를 감춰버린 까닭이었다. 고글을 벗어 던진 민혁이 침인지 눈물인지 모를 정도의 얼굴이 되어 헛구역질하기 시작했다. 지구에서 태어나 한 번이라도 얼굴을 봤거나 대화를 나눈 모든 사람들. 자신이 알고 지낸 이웃 모두가 우주 파편이 되어 사라졌다. 그들의 모습을 잠깐 떠올리기만 해도 패닉에 빠질 지경이었다. 리미다브는 민혁의 반응을 보더니 고개를 기울였다.

"왜 그러지 매이언. 기쁘지 않은 건가?"

"총통, 아무래도 그사이 인간들과 정이라도 든 것 같습니다."

© LEE

SU JUNG

"그게 말이 되나. 아조아군은 리스너뿐인 것을."

"지옥에나 떨어져!"

두 외계인의 대화를 듣던 민혁이 콜록대며 언성을 높였다. 그러자 김지민이 다가와 등을 토닥여주며 리미다브에게 첨언했다.

"신체 이동의 부작용 같습니다."

"그럴지도 모르지. 교환 대상의 정신체가 남아 있을 수도 있겠어."

"신체 이동…."

단어를 들은 민혁의 몸이 얼어붙었다. 김우성부터 시작해 수없이 봐온 교류자들의 신체 이동. 저들은 아조아인이 지구인의 신체로 둔갑하는 기술을 그가 사용했다고 말하고 있었다. 그렇다면 더욱 이해가 되지 않는 부분이 있었다. 그간의 정보를 떠올려보면 실제로 신체 이동을 했을 때 홍민혁이라는 인물의 자아를 잃었어야 했다. 교류자의 몸으로 둔갑한 아조아인들은 자신의 임무를 위해 교류자의 기억은 가져가지만 자아를 잃지는 않았다. 결론은 간단했다. 자신은 신체 이동을 하지 않았다. 확신에 찬 민혁은 대화를 통해 얻어낼 수 있는 정보를 모두

듣기로 마음먹었다.

"매이언. 총통께서 내리신 임무가 뭐였는지 잊은 거야?"

"임무?"

"그래! 지구인으로 신체를 교환하고 수정검으로 총통을 찌르자고 제안한 장본인이 너잖아."

"조금은 기억이 돌아오는 것도 같은데…. 왜 그러자고 했지?"

"웜홀 사업을 방해하고 있는 지구를 법적으로 소멸시킬 권리를 얻으니까. 진짜 기억 안 나나 보네? 웜홀 경로를 지구가 막고 있어서 우주 항로사업 허가가 안 나고 있었잖아."

민혁은 손톱이 부서질 정도로 주먹이 쥐어졌다. 아조아인들이 교류할 가치조차 없어 보이던 지구를 찾아온 이유. 인류의 보금자리가 허무하게 사라져야 했던 이유는 고작 아조아 행성의 사업 때문이었다. 목 끝까지 욕지거리가 올라왔지만 입안을 깨물며 어떻게든 참아냈다. 가까스로 표정 관리에 성공한 민혁은 짧은 시간 김지민과 눈이 마주쳤다. 정체를 들킬까 눈길을 피하려 하는데 김지민은 반대로 수상한 눈짓을 보내왔다. 생각해보면 이상하리만큼 민혁에게 디테일한 설명을 해주고 있었다. 마치 처음 듣는 사람과 대화를 나누는 친절한 말투였다. 그게 고의든 아니든 민혁은 틈을 놓치고 싶지 않아 입을 열었다.

"내가 기억하기론 총통께서 찔렸으니 '001' 행성에서 조사를 나오는 거로 아는데…."

"무슨 우주 개뼈다귀 같은 소리야. 총통을 찌르면 지구를 소멸시킬 근거가 생기는 거지 조사를 왜 나와?"

하나씩 퍼즐이 맞춰져 갔다. 최단열도 이 영악한 외계인들에게 속아 넘어갔던 것이다. 결론적으로는 국정원이 가져온 잘못된 정보 하나가 민혁이 지구를 우주에서 지워버리게 만들었다. 애꿎은 원망일지 단순한 죄책감일지 몸이 달아올랐다. 턱수염을 만지작거리던 리미다브는 병사들 사이로 걸어가며 혀를 차댔다.

"전부 우리가 만든 가짜 정보이지 않은가. 헌데 자넨 어째 그 정보만 기억하는 건지 모르겠군. 단 하나의 가능성만 제외하면 말이야."

리미다브가 신호를 주자 김지민은 작은 상자 모양

에 든 발광체를 꺼내 들었다.

"확인해보게."

발광체는 삼각형 모양으로 변하며 공중으로 떠오
르더니 민혁의 앞에서 멈췄다. 그러고는 빠르게 회
전하며 빛을 팽창시켜 그를 독립적인 공간에 가두어
버렸다.

＊

동서남북 어디를 둘러봐도 눈이 아플 정도의 빛
이 뿜어져 나왔다. 급히 방에서 나가기 위해 출구를
찾아도 보이는 것은 없었다. 소리를 질러보았더니 도
대체가 어떤 원리로 만든 구조인지 메아리만 퍼져나
갔다.

"정신병 걸릴 거 같아."

"그럼 안 되지."

어디서 나타난 건지, 민혁의 어깨 뒤에서 한 남자
가 걸어 나왔다. 평소 같았다면 귀신이라도 본 것처
럼 펄쩍 뛰었겠지만 지금은 되려 사람과 만났다는
안도감이 마음을 진정시켜주었다. 깔끔하게 묶은 장
발 머리에 단정한 분위기의 검은 정장은 어렸을 적

푹 빠져서 봤던 첩보 영화 속 인물과 똑같았다.

"죄송한데 여기가 어디죠?"

"자네 머릿속이지."

"당신은 누구고요?"

"자네 머릿속에 살고 있는 외계인이지 뭘 그런 걸 물어."

"왜 허락도 없이 내 머리에 들어오고 그래요."

"그건 미안하게 생각해."

"됐고. 어느 행성 사람이신데요?"

"창백한 푸른 점."

"예?"

"모르는 것 같네. 나름 지구인이 쓴 표현을 빌려 봤는데."

"제가 문과라서요."

남자는 눈썹을 위로 올리고 앞으로 나아갔다. 별다른 말은 없었지만 측은한 시선만은 아니었길 바랐다.

"궁금한 게 많겠지. 하지만 시간이 없어. 지금 우린 리브가의 도움으로 만나고 있는 거니까."

"리브가요?"

"자네가 김지민으로 알고 있는 여자 말이야. 김리브가 정도로 말하면 이해가 빠르겠군."

생각해보니 김지민의 본명을 들어본 적이 없었다. 섭외 팀원들이 외계인에게 약간의 친근감이라도 느낄 수 있던 것은 김지민이라는 이름의 한국식 호칭으로 활동했기 때문이었다. 새삼 낯선 이름이 들려오자 지구와는 전혀 관련 없는 외계인이라는 사실이 상기됐다.

"리브가의 도움으로 만난다는 게 무슨 의미죠?"

"지금 리브가가 쓰고 있는 물건은 정신체를 분석하는 장치야. 지구인의 몸을 사용하는 아조아인인지, 그 반대인지 확인하는 중인 거지. 덕분에 난 정신체 상태로 변환된 자네와 만날 수 있게 된 것이고. 아마 리브가는 사용 시간을 늘리기 위해 최선을 다해 연기 중일 거야. 우리가 최대한 많은 대화를 나눌 수 있도록."

"김지민… 아니, 리브가가 왜 저희를 돕는지 모르겠네요."

"리브가가 토커들을 이끄는 팀장이니까. 원래는 나였지만."

"그럴 리가요. 리스너만 아조아군에 들어갈 수 있잖아요."

"우린 감정 수치를 낮추는 수술을 하고 아조아 행성에 잠입했어. 식민행성 출신임에도 잡다한 성과를 올리며 아조아군 편입에 성공했지. 오늘을 위해서 말이야."

"그게 가능해요? 테스트 방법을 들었을 땐 절대 불가능하던데."

"시뮬레이션에서 소중한 사람을 쏘지 못하더라도. 결과지에 나오는 절대수치만 맞추면 합격이니까."

"그러니까 그게 어떻게 가능하냐고요."

"생존본능을 제거했어."

너무나도 무덤덤하게 말을 내뱉고 있는 매미언을 본 민혁이 시선을 돌렸다. 존경심을 넘어선 동정심, 뒤따르는 수치심이 가슴을 답답하게 했다. 생각해보면 지구에도 존재했던 레지스탕스가 드넓은 우주에서 없을 리 없었다. 과거 민혁은 리미다브의 야망을 누구도 막으려 하지 않는다 결론지으며 자신의 양심을 속였고 섭외 업무를 합리화시켰다. 그러나 이들은 아무도 보지 않는 곳에서 생명체로서 자신들의 가장 중요한 본능을 제거하면서까지 스스로의 영혼을 지켜냈다. 역사책에서 봤던 수많은 얼굴과 남자의 얼굴이 겹쳐 보였다. 지겹게 보았음에도 본받은 게 없었다.

"당신이 매이언이군요."

정리가 된 민혁이 고개를 들었다. 우주선에서부터 품고 있던 두 가지 의문 중 하나가 풀렸다. 리미다브와 김지민이 지칭한 인물은 민혁의 머릿속에 살고 있었다.

"근데 왜 저는 신체 이동을 당했는데 기억이 그대로죠?"

"안 당했으니까."

어느새 손을 활짝 편 남자는 좌에서 우로 팔을 흔들었고 흰 방은 어둠으로 뒤덮였다. 곧 극장의 불이 켜지듯 360도의 거대한 스크린에 한 은하가 투영됐다. 은하의 외곽에 있던 작은 점이 화면으로 다가오듯 서서히 확대되어갔다.

"나도 너랑 같은 푸른 별에 있었어. 그리고 같은 운명을 맞았지."

지구처럼 푸르고 아름다운 별이 보였고 우주 쓰

레기처럼 주변을 가득 메운 우주선들이 보였다. 그리고 민혁이 마주했던 상황처럼 우주선에서 발사된 광자포가 행성을 순식간에 분해했다. 끔찍한 상황이 리바이벌되자 잔뜩 침을 삼킨 민혁이 질문을 이어갔다.

"당신은 어떻게 살아남았죠?"

"운이 좋은 건지, 나쁜 건지, 난 교류 대상자였거든. 강제로 이주를 당하고 아조아인이 되어버렸지."

화면에선 아조아인으로서 교육을 받고 있는 매이언의 모습이 보였고 그의 곁엔 리브가도 함께였다. 두 사람은 비밀스러운 지하에 모여 비슷한 일을 겪은 인물로 동료들을 늘려갔다. 작전이 수립되자 그들은 한눈에 봐도 불청결해 보이는 밀실에서 힘에 겨운 수술을 감내했다. 곧 매이언의 말처럼 리스너가 되기 위해 감정테스트를 통과했고 수많은 전장에서 용병으로 활약하며 아조아군의 제복까지 입게 되었다. 리미다브는 매이언과 그 팀원들이 마음에 들었는지 언제나 곁에 두었고 그들의 조언을 귀담아들었다. 때를 기다리던 어느 날, 인내심이 없던 동료가 일탈하여 리미다브를 직접 암살하려 했다. 하지만 투명한 목줄이라도 설치되어 있었는지 총을 들어 올리고선 곧바로 질식하며 사망했고, 또 다른 동료는 '001' 행성으로 정신체를 보내 증거물을 제공하려 했지만 결과는 마찬가지였다. 아조아군에 편입되는 순간, 병사들은 리미다브에게 목숨줄을 쥐여준 것이나 다름없었다. 현재 매이언이 리미다브를 막기 위해 민혁의 머릿속에 들어와 작전을 진행한 원인이 된 사건들이었다. 상영은 계속됐고 마침내 지구가 보였다. 매이언은 웜홀 생성을 방해하는 지구를 골칫거리로 삼던 리미다브에게 작전 파일을 건네더니, 리브가와 함께 교류함을 타고 지구로 내려왔다. 우주선을 바라보던 지구인의 표정을 분석하던 매이언은 치킨집에서 나와 난리를 치던 남자의 욕지거리를 듣자마자 수면광을 쏴내렸다. 그를 서둘러 우주선에 데려와 흰 방 속 기계에 앉힌 후 매이언은 맞은편 기계에 앉았다. 뚜껑이 달린 장치로 머리를 감싼 그는 자신을 걱정스럽게 바라보던 리브가를 향해 차분히 입을 열었다.

"치킨 사서 이 친구 가방에 넣어놔줘. 점원이 떨궜더라."

곧 운명의 버튼이 눌러졌고, 매이언은 끔찍한 괴성을 지르며 압축되어 빨려 들어갔다. 민혁의 몸은 잠깐 들썩이더니 곤히 잠들었고 리브가 그를 지상으로 내려보냈다. 상영이 끝나고 모든 진실을 파악한 민혁은 고민하듯 볼을 씹었다.

"무슨 생각 중이지?"

"다 알겠는데, 왜 하필 저였는지 모르겠어서요."

"의외로 단순한데."

"욕이 찰졌나."

"그렇게 단순하진 않아."

잠시 눈빛이 흔들리던 매이언이 건조한 목소리로 답을 내놓았다.

"내 고향이 파괴됐을 때. 우주를 원망하던 내 모습이었으니까."

"그건 그냥 술김에…."

"불안하게 그런 말 하지 말아줘."

"이상하네요. 지구에선 감정적인 사람을 싫어하거든요."

"감정을 포기한 결과를 리미다브가 보여줬다고 생각하는데 말이지."

매이언의 몸이 흐릿해지기 시작했다.

"생명체가 느끼고 발산하는 감정이 소중하지 않다면. 이성만이 모든 것의 기준이 된다면. 우주엔 아무것도 남지 않게 될 거야."

드디어 민혁은 모든 퀴즈를 풀어냈다. 매이언이 어째서 자신을 선택했는지, 가끔 다른 사람처럼 판단하고, 외계인과의 무력 싸움에도 밀리지 않았던 이유가 뭐였는지 비로소 정확하게 알게 된 순간이었다. 360도 화면이 꺼지자 민혁은 곧바로 현실적인 질문을 던졌다. 매이언이 빠른 속도로 흐릿해지고 있었기 때문이다.

"그럼 이제 어떡하면 되죠?"

"가장 중요한 걸 말 안 했군. 정신체 검사가 끝나면 넌 곧바로…."

매이언이 사라졌다. 아, 너무 황당하다. 목구멍에서부터 그것부터 말했어야지 XX아! 가 튀어나오려 했지만 매우 급박한 상황이었기에 음성으로 구사되진 못했다. 곧 정신의 방이 무너지며 사라졌고 외부에서 그를 빨아들이기 시작했다.

'이러면 이성적인 게 더 좋아 보인다고!'

★

정신체를 감정하는 기계는 형태를 무너뜨리며 분해됐고 상자 속으로 떨어졌다. 리미다브의 눈이 번뜩였다. 자신의 예상이 맞았다는 듯 껄껄대던 그는 병사들에게 손짓했고 민혁은 다시 한번 아조아의 병사들에게 조준당했다.

"신체 이동을 하지 않고 정신체만 공유했다 이건가? 매이언… 그렇게 물러터져서야. 무슨 속셈인진 몰라도 달라지는 건 없지, 계획했던 것처럼 난 습격당했으니까."

리브가는 서둘러 허리춤에 둔 버튼 하나를 눌렀다. 그리고 민혁의 앞을 막아서며 고개를 숙이고 작게 속삭였다.

"방법은 다 들었지?"

"……."

리브가의 동공이 커졌다. 전혀 예상하지 못한 상황이었는지 아무런 말도 하지 못했다. 리미다브는 리브가의 행동이 평범하지 않음을 알아차리고 딱하다는 듯 씁쓸한 표정을 지었다.

"리브가 너도냐. 하긴, 매이언과 같은 행성 출신이
었지."

리미다브의 눈치를 본 리브가는 민혁의 눈을 응
시했다. 집중하라는 뜻이었다.

"가짜 중에 진짜 정보가 있…어."

힘없이 외친 문장을 마지막으로 리브가의 몸이
바닥과 맞닿았다. 매이언이 보여준 과거처럼 배신한
아조아군이 맞이하는 말로였다. 민혁은 숨이 멎은
리브가의 몸을 부여잡았다. 따뜻했던 온기가 사라지
며 피부가 돌처럼 굳어갔고 입에선 붉은 피를 쏟더
니 곧 얼음장이 되었다. 혀를 차던 리미다브가 선명
하게 보였다. 저 반응은 친근했던 생명체를 잃은 안
타까움이 아니었다. 단지 인재를 잃었다는 소모적인
아쉬움에 그친 감정이었다.

"뭐 이것도 인연이니, 아조아에 충성을 맹세한다
면 살려줄 수도 있네."

민혁의 울통이 떨려왔다. 매이언이 믿은 건 무엇이
었을까. 그가 선택한 결과가 이리도 허무한 결과를
맞이한다는 것을 알고 있었을까. 어떻게 해야 할지,
어떻게 상황을 뒤집을 수 있을지 전혀 생각이 나지

않았다. 우주조차 통제하지 못하는 상황을 한낱 지구인이 어떻게 감당하라는 건지 분통이 터졌다.

'밤새워 노력해도 작은 시험 하나 통과하지 못했는데. 대체 내가 뭘 할 수 있다는 거야….'

자신의 무력함에 분노하던 민혁에게 찰나의 온기가 스쳐 갔다. 떨궈진 리브가의 손이 민혁의 손등을 포갰다. 리브가의 죽음은 헛된 것일까. 아무 가치가 없는 것일까. 싫었다. 그렇게 만들고 싶지 않았다. 리미다브를 향한 수많은 이들의 분노가 그의 손끝을 통해 전해졌다. 민혁만 그렇게 생각하지 않는다면 리브가의 죽음은 가치를 잃지 않는다. 해내야 했다. 어머니가 그랬고 매이언이 그랬고 리브가가 그러했다. 설령 민혁이 눈앞에 보이는 병사들에게 난사 당해 죽는다고 해도, 그건 더 이상 의미 없는 게 아니었다. 누군가의 눈에, 누군가의 귀에 누군가의 마음에 민혁의 마음이 전해질 것이다. 민혁은 리브가의 몸을 조심스럽게 내려놓고, 먼지를 쳐내며 자리에서 일어섰다. 리미다브는 민혁의 올곧은 자세가 흥미로운 듯 물었다.

"답은 들은 거 같고. 마지막으로 하고 싶은 말이

있나 보군."

"리미다브. 널 낳은 어머니도 미역국을 드셨겠지?"

아쉬운 미소가 지어졌다. 아조아엔 미역국이 없을 테니까. 리미다브는 민혁의 태도가 그저 객기임을 확인하고 사살 명령을 내렸다. 정확히는 내리려 했다.

"팀장!"

리브가의 호출을 받고 도킹된 우주선에서 무장을 한 섭외 팀원들과 위장패턴의 슈트를 입은 괴한들이 엄호사격을 해왔다. 어째서 팀원들과 어머니를 납치했던 이들이 함께 있는지 의문이었지만 지금은 그런 것 따위 중요치 않았다. 무방비상태로 습격받은 아조아군은 서둘러 몸을 숨겼다. 박상과 임창국이 달려와 민혁의 몸을 피신시켰고 안세인과 한소라는 플라스마 대거로 출로를 열고 있었다.

"여긴 어떻게 왔어?"

"저 사람들 우리 편이더라고. 토커 어쩌고 하던데."

어머니를 납치한 이들의 정체는 리브가가 이끌던 토커들이었다. 아조아군으로 입대를 하지 않고 매이언이 구상한 항쟁의 날만을 기다린 특수부대였기에 리브가와는 달리 자유롭게 행동할 수 있었다. 문득 어머니와 재회했을 때가 그려졌다. '자신만이 할 수 있는 일'과 '가짜 중에 진짜 정보가 있다'는 리브가의 말이 겹쳐 들리니 무엇을 해야 할지 떠올랐다. 민혁은 팀원들이 만들어준 출로를 통해 중앙 통로를 내달렸다. 시간이 많이 흐른 탓에 어머니는 아조아 행성으로 끌려갔을 테니 민혁이 향할 곳은 하나였다. 여기저기서 들려오는 총격음이 귀를 찢어낼 것 같았지만 우여곡절 끝에 어머니와 재회했던 공간에 도착했다. 민혁은 정은이 앉았던 송신기 위로 무릎을 꿇어 내렸다.

'지정 좌표 '001'로 정신체를 송신하겠습니까?'

민혁의 고개가 끄덕여졌다. 문밖에서 섭외 팀원들의 신음이 들려왔다. 유명 관광지나 클럽에서 스트레스를 풀고 있어야 할 이들. 서로를 사랑하는 시간조차 부족한 소중한 청춘들이 누군가의 작은 욕심으로 죽어갔다. 피인지 침인지 모를 무언가에 꼴깍대던 팀원들은 서로를 바라보며 눈을 감았다. 민혁은 이제 그만이 할 수 있는 일을 해내야 했다. 자신의 손끝에 닿았던 수많은 희생자의 죽음을 헛되지 않게 만들기 위해, 사소한 야망으로 찬란한 생명을 불태운 자에게 칼춤을 추기 위해, 그래야만 했다.

'정신 검증 완료.'

안내 화면이 붉은빛을 띠며 새로운 글자로 변환됐다.

'경고: 정신 송신 후 사용자의 정신체는 소멸됩니다.'

카운트가 시작되자 민혁은 수면 마취를 받듯 조용히 숨을 골랐다. 기계가 작동되면 이제 그는 세상에 없을 것이다. 그럼에도 분명 우주 속 어디선가는, 누군가의 감정에는 존재할 것이라 여기며 팔에 힘을 주고 신께 기도하듯 손을 모았다. 이왕 죽는 거, '001' 행성에서 리미다브의 만행을 발견하고, 그조차도 후회할 만큼의 처벌을 내려주기를 바랄 뿐이었다. 물론 어머니의 노후도 보장해준다면 더할 나위가 없었다.

"엄마한테 또 혼나겠네."

의도한 건 아니었지만, 지구상에서 가장 큰 죄를 저지르게 된다. 자식 먼저 보낸 부모를 지칭하는 단어가 없다는데 하늘에서 만나면 뭐라 변명해야 구박을 피할 수 있을까. 이런 생각을 하는 걸 보니 죽을 때가 되어 잡념이 뒤따르는 모양이다. 뭐 그래도 회사에 다니는 모습도 보여줬고 그 돈으로 치킨도 사드렸으니 된 것일까.

'3초, 2초.'

원해서 태어난 삶은 아니었지만, 공짜치고는 퀄리티 있는 체험이었다.

'1초.'

여정이 끝날 차례다.

"흡!"

문득 머리가 차가워짐을 느낀 민혁이 숨을 훅 들이마시자 모든 기계가 작동을 멈춘 듯 디스플레이가 꺼졌다. 지금이 얼마나 중요한 타이밍인데. 고장이라도 난 것 같아 서둘러 기계 본체를 때리던 찰나 새로운 안내가 생성됐다.

'정신체 발신 완료.'

난감했다. 안내된 내용대로면 인간 CCTV가 되기 위해선 목숨을 잃었어야 했지만 어째선지 민혁의 정신과 신체는 멀쩡했다. 송신기가 망가진 건 아닌가 기계를 조작해보려는데, 뒤편에서 엄호 중이던 토커들이 끝끝내 쓰러졌다. 아조아군들과 함께 리미다브가 도착했다.

"아직 늦진 않았나 보군."

민혁이 송신기 위에서 죽지 않은 것을 확인한 리미다브는 병사가 들고 있던 라이플을 뺏어 들었다. 방아쇠 위로 검지를 올리고 민혁의 머리를 조준하니 그의 찢어진 눈이 더욱 부각됐다.

"매이언도 리브가도 멍청했지. 이런 열등한 종족한테 모든 걸 맡기다니 말이야."

리미다브의 검지가 움직이자 격발음이 울렸다. 죽음을 직감하며 눈을 질끈한 민혁은 고통이 느껴지지 않자 다시 눈을 떴다. 그리고 헛것이라도 보고 있는 건 아닌지 의심하며 눈을 비벼댔다. 벼락을 맞은 듯 모든 아조아의 병사가 같은 자세로 쓰러져 있었고 리미다브는 난데없이 등장한 남자에게 목을 졸리다 기절한 듯 보였다. 터벅터벅. 사체들을 밟고 다가온 남자는 조명을 받으며 얼굴을 보였다. 심히 낯익은 모습이었다.

"연락은 잘 받았습니다. 민혁 님."

"매이언…."

검은 정장에 묶인 장발. 정신의 방에서 봤던 매이

언이었다. 그러나 미세하게 다른 표정이 이질적인 느낌을 지울 수 없게 했다.

"아쉽지만, 저는 매이언이 아닙니다. 이 모습을 하고 가면 쉽게 납득할 거라고 말해주더군요."

"뭘 납득해?"

"전 '001' 행성에서 왔습니다. 시공감독관을 맡고 있죠."

전설 속 동물이라도 본 것처럼 민혁의 심장이 뛰었다. 모든 계획은 '001' 행성이 나서주지 않는다면 헛수고였기 때문에 그가 여기 왔다는 사실만으로 환호성이 나왔다.

"매이언 씨의 기억과 민혁 님이 눈으로 보고 귀로 들은 정보를 바탕으로 아조아 행성의 가해 혐의가 인정되어 시정 조치하러 왔습니다."

그들은 틀리지 않았다. 불가능한 도전이라고, 무의미한 죽음이라고 손가락질한 자들이 있었겠지만 끝끝내 해냈다. 자신을 믿어준 자들에게 화답한 것 같아 기뻤던 마음도 잠시, 아직도 의문은 남아 있었다. 송신기가 정상적으로 작동이 됐던 거라면 민혁의 자아는 죽었어야 했다. 자신을 감독관이라 소개한 남자는 민혁을 응시하고 있었다. 마치 자신의 외형을 보라는 듯 차분한 얼굴을 보이자 민혁은 아까부터 머리가 가벼워진 이유를 깨닫게 됐다.

"머나먼 우주에서 응원하겠다고 말하더군요."

바보 같은 외계인이었다. 고향을 파괴한 원수한테 복수가 하고 싶었으면 처참히 망가지는 꼴까지 보고 갈 것이지 사람 하나 살리겠다고 먼저 휙 하니 가버렸다.

"끝까지 자기 혼자 희생하면 단가."

민혁의 어두운 표정을 본 감독관은 고개를 기울이더니 당황스러운 표정이 되어 설명했다.

"오해가 있으신 것 같은데요. 머나먼 우주에서 응원하겠다는 말은 은유적인 표현이 아닙니다."

"엥?"

"아조아 행성에 의해 파괴, 약탈당한 행성들의 좌표를 찾아 공간을 고정시키고 시간을 감을 겁니다. 지구도 포함해서요. 모든 게 아조아인들과 만나기 전으로 돌아가게 되겠죠."

원상복구가 가능하다니, 아조아 행성도 '001' 행성의 수준에 비하면 걸음마 수준이라더니 최단열의 정보가 옳았다. 정해진 공간에서 시간을 되돌린다는 게 가능한가? 문과의 머리에서는 상상하기 힘든 방법이었지만 그만큼 이과에게 속 시원한 방안이 나온 것 같아 다행이었다. 문 쪽에 널브러진 리미다브를 본 민혁이 말을 이었다.

"아조아 행성은? 리미다브가 태어나기 전으로 돌리나요."

"그럼 평화법이 의미가 없죠. 어느 행성이랑은 다르게 가해자가 아닌 피해자를 위한 법이니까요. 아조아는 문명의 수준을 초기화시킬 겁니다. 우주 아래서 홀로 떨어야겠죠. 자신들이 행한 범죄를 똑같이 겪을지도 모르는 상태로요."

"얼마나 걸릴까요? 너무 오래 걸리면 곤란한데요."

"이미 처리는 끝났습니다. 신고자시니까 민혁 님만 보내드리기 전에 붙잡아둔 거죠."

"뭐야 진작 말했어야죠! 빨리 보내줘요!"

"지구인은 되게 급하군요."

감독관의 손이 반짝이더니 민혁을 감싸고 있는 공간에 점들이 찍혔고 선이 이어졌다. 그는 준비를 마친 듯 반대 손을 내밀어 하이퍼 큐브 모양의 빛을 생성했다. 민혁의 피부가 점차 공간과 분리되려 하자 감독관은 그에게 인사를 나누려 했다. 하지만 민혁은 그새를 못 참고 떠오른 질문을 던졌다.

"근데, '001' 행성이 우주평화법인지 뭔지를 만든 이유가 은하계의 생명체가 감소해서라고 하지 않았어요? 시간을 돌리는 게 가능했으면 당신들도 하면 되잖아요."

"아무리 되돌려도 똑같은 행동을 했다더군요."

불친절한 해설에 콧방귀가 나왔지만 더 항의할 시간은 없었다. 건조한 미소를 지은 감독관이 전이술을 완성시켰다.

★

눈이 부셔 인상이 쓰였다. 교정을 수놓은 화려한 봄꽃과 오랫동안 보지 못한 맑은 하늘, 즐거움을 만끽하는 따뜻한 미소들이 보였다. 민혁도 그중 한자리를 차지했다. 학사모를 쓰고 졸업증을 든 상태로 연신 셔터를 눌러대는 어머니를 향해 웃어 보였다. 과거라기에 우주선을 만난 시점일 줄 알았는데, 감독관이라던 작자가 나름 센스는 있었다. 민혁은 학사모를 벗어 어머니에게 대신 씌워주었다.

"엄마도 찍어."

처음 써보는 학사모가 부담스러웠는지 정은의 자연스럽지 않은 표정이 사진에 담겼다.

"졸업은 네가 했는데 왜 이런 걸 찍으라 그래."

"졸업시켜준 건 엄마니까."

"하여간 말만 번지르르해서. 아무튼 축하해 아들."

학위복을 반납하고, 졸업 기념으로 한식뷔페를 가자고 졸랐다. 유명한 뷔페들과는 달리 고기 한 점 없는 식당이었지만 한턱 크게 내겠노라 장담한 어머니의 비위를 맞춰주기엔 적당한 가격이었다.

"많이 먹어. 내일부터 시험공부 하느라 힘들 텐데."

"시험 안 보려고."

쌈을 먹던 어머니의 입이 멈췄다.

"돈 때문에 그러는 거면…."

"그런 거 아니야. 엄마랑 여행 가고 싶어."

"여행? 글쎄 사장님이 이해해주실지 모르겠네."

"박 여사님 이제 워라밸 신경 써야지. 안 된다고 하면 때려치우고 새 일자리 알아보자. 엄마 정도면 데려가고 싶어서 안달 난 사장님들 많을걸?"

빈말이라도 고맙다는 듯 피식 웃고는 야무지게 쌈을 먹는 어머니를 보자 과거로 돌아왔다는 것이 실감 나기 시작했다. 생사의 위기를 겪고 나니 가만히 앉아 숨을 쉬고 있는 시간조차 감사하게 느껴졌다. 어머니에게 그동안 있었던 일을 말해줄까 싶었지만 성격상 진지하게 정신병원 상담을 잡을 사람이라 포기했다.

"잠깐만 화장실 좀 다녀올게."

여행 일정을 계산해보려는데 생각보다 심각한 문제가 있었다. 계획이 있는 척 호언장담을 했지만 여행 갈 돈은 있는지가 의문이었다. 밖으로 나온 민혁은 근처 ATM 기계에 카드를 꽂아 넣고 잔고를 확인했다.

"학생 괜찮아?"

주변을 지나던 중년의 여자가 걱정스러운 표정으로 물었다. 민혁의 다리가 풀려 ATM 기계 앞에 무릎을 꿇은 까닭이었다. 정신을 차린 민혁은 서둘러 다시 잔고를 확인했지만, 역시나 이번에도 0의 개수가 너무 많았다. 결국 돈의 출처를 알기 위해 이체 내역을 보고 나서야 실소가 터져 나왔다.

'이체 메모: 여행비 및 섭외팀 인건비, 입금자 명: '001' 신입감독관 매이언.'

원래의 계획대로라면 가까운 서해안으로 여행을 갔겠지만 지금은 판을 키울 필요가 있어 보였다. 돈을 입금한 사람 특성상 제대로 쓰지 않으면 물어내라고 노발대발할 것이었다. 만났을 때보다도 더 어려졌을 섭외 팀원들을 어떻게 찾나 고민도 들었지만, 다행히 SNS가 활성화된 시대라 시도해볼 만했다.

"엄마, 다 먹었지? 가자! 서둘러야 돼."

"왜 어디 가는 건데?"

"인천 바닷가 갔다가, 강원도 군부대 갔다가, 중고차 단지랑 그 근처 카페도!"

대체 무슨 말을 하는 건지, 어머니는 답답해 보였지만 더 물어보진 않았다. 그동안 아들에게서 보지 못한 해맑은 얼굴을 보는 것만으로도 좋았으니까.

"빨리!"

"어후 알았어. 노인네 생각도 해줘야지."

택시를 탄 민혁이 창문을 열고 하늘을 올려다봤다. 안정을 되찾은 우주에서 매이언과 리브가도 잘 지내고 있을까. 더는 희생하지 않아도 되는 세상에

선 무엇을 이뤄내며 살고 싶을지 궁금해졌다. 연락할 방법이 없어 아쉬워하던 그때 하늘이 눈에 들어왔다. 그리 맑은 날씨는 아니었음에도 뻥 뚫려 있는 하늘을 보니 마음이 싱숭생숭해졌다. 교통체증이 반갑고 미세먼지조차 향기로웠지만 창문 좀 닫으라며 등짝을 때리는 어머니 탓에 더 이상의 감상은 없었다. 멀리 전광판에서 우주 전쟁을 다룬 영화가 홍보 중이었다.

'저걸 돈 주고 본다고?'

당분간 우주선과 외계인이 나오는 영화는 보지 않기로 했다.

〈끝〉

작가의 말

　《마른하늘에 우주선》은 노인의 이야기를 그렸던 전작과는 달리 사회에 첫 발을 내민 청년의 마음을 녹아내려던 작품입니다. 태어나 한 번도 느껴본 적이 없는 불합리한 상황에 좌절하고 경험이 부족해 같은 문제를 수 없이 되풀이하는 시기겠지요. 작품의 제목처럼 지금을 살아가는 청년들에겐 더 없이 무기력한 날들입니다. 뉴스에선 긍정적인 미래에 대한 이야기는 찾아볼 수가 없고, 지인들과 대화를 나누면 앞으로 맞이하게 될 암울한 상황을 어떻게 대비해야 할지 고민하기 바쁩니다. 청년 실업률을 걱정하던 시대에서 청년이 없는 세상을 두려워하는 시대가 됐고, 무한 경쟁 사회에서 살아온 청년들은 선배를 부양해야 하는 의무를 진 채로 후배의 도움은 기대할 수 없는 막막한 사회를 맞이했습니다.

우리만의 고단함은 아니겠지요. 멀리 차가운 땅의 청년들은 집 앞에 날아든 불꽃으로 사랑하는 사람들을 잃고 있고, 또 누군가는 명분 없는 싸움에서 무고한 생명을 앗아갔다는 죄책감에 고통받고 있습니다. 문득 그런 생각이 들었어요. 지금처럼 암울한 시대를 살던 인물들은 어떻게 상황을 받아들였을까. 어떤 방법으로 버텨냈을까. 하나둘 그들이 처한 상황과 감정을 떠올리다보니 알게 됐습니다. 별반 다르지 않았겠구나. 영화에서 볼 수 있는 흔한 초능력이 있는 것도 아니고 심적 고통을 견뎌낼 철학적 사고가 떠오른 것도 아님에도 그들은 시대와 묵묵히 맞서 싸워주었습니다. 미세먼지가 사라지고 가까스로 보게 된 마른하늘. 그 하늘에서 떨어진 날벼락 같은 시대에 그들의 용기가 다시 한번 필요한 것 같네요.

이현섭

dot.7
마른하늘에 우주선

초판 1쇄 발행   2024년 3월 11일

지은이   이현섭
펴낸이   박은주
디자인   김선예, 이수정
마케팅   박동준

발행처   (주)아작
등록   2015년 9월 9일 (제2023-000057호)
주소   07236 서울특별시 영등포구 의사당대로 38 102동 1309호
전화   02.324.3945-6   **팩스** 02.324.3947
이메일   arzaklivres@gmail.com
홈페이지   www.arzak.co.kr

ISBN   979-11-6668-807-2 04810
                979-11-6668-800-3 04810 (세트)